http://www.bbulmedia.com

http://www.bbulmedia.com

영웅전설

영웅전설

무 람 판타지 장편 소설

4

뿔미디어

CONTENTS

1.
아레아 영지가 어디에 있는 거야?

국왕과 약속을 한 아레아 영지에 대한 토벌을 떠나기 전에 브레인은 아레아 영지에 대한 조사를 지시하였다.

도둑 길드의 마스터인 에머린은 브레인의 지시에 따라 아레아 영지에 대한 모든 조사를 마치고 지금 브레인의 앞에서 자신이 조사를 한 내용에 대한 브리핑을 하고 있었다.

"대공 전하, 아레아 영지는 지금은 영지라 할 수 없을 정도로 황폐화되어 있는 곳이라고 합니다. 지난 삼십 년 동안 아레아 영지를 찾기 위해 왕국에서 많은 병사들과 기사들을 보냈지만 아직 살아 돌아온 사람이 없을 정도로 아레아 영지는 몬스터의 천국이라는 말이 있습니다. 이는 우리 헤이론 왕국만 그런 것이 아니라 아레아 영지에 근접해 있는 다른 왕국은 모두가 같은 입장입니다."

브레인은 한참의 시간 동안 보고를 들으며 국왕이 자신에게 왜 아레아 영지를 주려고 하는지를 생각하고 있었다.

이렇게 힘이 든 지역을 영지로 주겠다고 하는 이유가 분명 있다는 느낌이 들어서였다.

"그렇다면 아레아 영지라는 곳은 지금 영지라고 할 수 없을 정도로 심각하게 변해 있겠군."

"아레아는 이제 영지라고 할 수가 없습니다. 이미 몬스터의 무리들이 거기서 자리를 잡았기 때문에 누구도 감히 아레아가 있는 곳을 다시 찾을 생각을 하지 못하고 있으니 말입니다."

"도대체 그 안에 얼마나 많은 몬스터가 있는 것인가?"

"아직 정확한 보고는 없지만 예전의 서류를 보니 아레아가 있는 곳에는 대형은 물론 중형과 소형의 몬스터들이 대거 몰려 있다고 하였습니다."

브레인은 에머린의 보고에 속으로 한숨이 나오는 것은 어쩔 수 없었다.

보고대로 그렇게 많은 몬스터가 있다면 이는 스스로 죽

으러 가는 길이 될 수도 있기 때문이었다.

국왕이 몬스터를 토벌하라고 할 때는 자신 있게 대답을 하였는데 이제 와서 가지 않겠다고 할 수도 없는 일이었기에 브레인의 마음은 답답해지고 있었다.

"정보를 얻느라 수고하였네."

"아닙니다. 필요하신 정보가 있으시면 말씀만 하십시오. 저희가 알아 올 수 있는 것은 무엇이든지 알아 오겠습니다."

도둑 길드는 이번 전쟁을 하면서 브레인의 힘을 보았기에 지금은 브레인이 어떤 지시를 해도 반대하려고 하는 자가 없었고, 오히려 적극적으로 도움을 주기로 마음을 바꾸었다.

브레인의 말 한마디면 자신들이 어떠한 처지에 놓이게 되는지를 알고 있어서였다.

브레인은 에머린이 나가고 한참의 시간 동안 깊은 생각에 잠기기 시작했다.

'도대체 국왕은 무슨 생각으로 나에게 그런 일을 맡긴 것일까?'

브레인은 국왕의 의도가 수상해지고 있었다.

대공이라는 작위를 주었으니 그에 대한 영지도 주어야

한다는 것은 이해가 갔다.

하지만 영지가 없다고 아레아 영지 같은 곳을 토벌하여 가지라는 것은 누구도 예상치 못한 말이었고, 많은 귀족들이 모여 있는 자리이다 보니 자신도 수락을 하였기 때문에 이제는 어쩔 수 없이 토벌을 하기는 해야 했다.

"몬스터를 모조리 죽일 수는 없는 일이고 그렇다면 어떻게 해야 하는가?"

브레인의 고민이 시작되자 자신을 부르는 목소리가 들렸다.

'마스터, 무슨 고민이 그렇게 많아?'

에레나는 브레인과 대화를 하면서 이제는 친근감이 생겨서 그런지 예전과는 다르게 반말로 대답을 하고 있었다.

'너는 참견하지 마라. 나 지금 할 일이 무지 많다.'

'마스터, 몬스터 때문에 그러는 거라면 나에게 좋은 방법이 있는데 말이야.'

에레나의 말에 브레인은 솔깃하였지만 이내 머리를 흔들었다.

에레나가 장난을 치는 것이라고 생각이 들어서였다.

그동안 에레나에게 얼마나 당했는지를 생각하면 치가

떨리는 브레인이었다.

'너에게 도움을 달라고 하지 않을 테니 그냥 자빠져라.'

브레인은 그렇게 말하고는 다시 생각에 잠겨 들었다.

'마스터, 몬스터는 내가 가장 잘 아는 것 중에 하나인데, 몬스터를 다루는 방법은 나에게 식은 죽 먹기보다 쉬운 일이야.'

에레나는 브레인의 마음이 흔들리게 계속해서 자신이 잘하는 일 중에 하나라고 하고 있었다.

브레인은 아직도 에레나가 잘하는 것이 무엇인지를 모르고 있었다.

말로는 무엇이든지 할 수 있다고 하면서 실지로 도움을 요청하면 도와주지도 않는 에레나였기 때문이었다.

그래서 지금까지 에레나가 말을 시켜도 대답을 해 주지 않고 무시를 하고 있었던 것이다.

'과연 에레나가 몬스터를 물리칠 수 있을까?'

브레인은 에레나가 자신의 말대로 고대 흑마법사가 만든 존재라면 충분히 가능성이 있다고 생각이 들었다.

그러나 에레나에게는 그런 말을 하지 않고 있었다.

분명히 자신이 그렇게 해 달라고 하면 또 다른 짓을 할 것이기 때문이었다.

'에레나를 다루는 방법이 없을까?'

브레인의 가장 골치 아픈 일 중에 하나가 바로 에레나를 자신이 원하는 대로 움직이게 만드는 것이었다.

에레나의 말대로라면 자신이 강해지는 만큼만 도움을 주겠다고 하는데 도대체가 자신이 얼마나 더 강해져야 하는지 감이 오지 않아서였다.

지금도 자신은 충분히 강하다고 생각을 하는데도 아직도 멀었다고 하니 브레인의 수준에서는 이해를 하지 못하고 있었다.

고대에는 얼마나 강한 인간들이 있었는지는 모르지만 지금의 세계에서는 브레인도 무시를 당할 정도는 아니었기 때문에 이해를 하지 못하고 있었다.

지금의 세계에서는 가장 높은 서클의 마법사가 겨우 7서클의 마법사였지만 고대에는 9서클의 마법사도 제법 있었다.

그러니 9서클의 마법사가 만든 에레나였기 때문에, 그 기준을 항상 예전의 마스터인 9서클 흑마법사를 기준하고 있었다.

브레인은 그런 사실을 모르니 지금까지 에레나를 다루

지 못하고 있었던 것이다.

'마스터 내가 몬스터를 모두 훈련을 시켜 수하로 만들어 줄까?'

브레인은 에레나의 말에 다시 마음이 흔들리는 것을 느끼고 있었다.

몬스터를 훈련시킨다는 것은 그들을 조정하겠다는 말인데 그렇다면 자신이 병사들과 힘들게 전투를 하지 않아도 저절로 영지를 얻을 수가 있게 되는 일이었고, 몬스터를 조정할 수 있다면 영지를 지키는 병사들처럼 움직여 누구도 영지를 탐하지 못하게 할 수도 있으니 이거야말로 일거양득의 기회라는 생각이 들어서였다.

브레인의 마음이 흔들리고 있다는 사실을 알고 있는지 에레나는 계속해서 꿀물 같은 말을 하고 있었다.

'마스터 내가 말이지, 몬스터는 정말 바로 다룰 수가 있어서 부하로 삼아 데리고 다니던 기억도 있다고 정말이야.'

브레인은 에레나의 능력이 얼마나 대단하지는 모르지만 자신의 힘으로는 어쩌지 못하는 존재라는 것은 인정하고 있었다.

'에레나 말로만 그런 소리는 나도 할 줄 안다. 그러니

조용히 하고 있어라.'

브레인은 에레나의 말에 수긍을 하면서도 절대 따라가지 않으려고 하였다.

에레나가 얼마나 똑똑한지는 모르지만 자신도 그만큼 머리는 있다고 자부하고 있었다.

'에이, 마스터는 고집 부릴 것을 부려야지 몬스터를 퇴치하려면 그만큼 많은 수하들이 죽잖아. 그러니 내가 도와준다니까 그러네.'

브레인은 에레나가 직접 도움을 준다는 소리에 슬쩍 에레나에게 묻고 싶었던 것을 물어보았다.

'에레나, 전에는 내가 도와 달라고 해도 도움을 줄 수 없다고 해 놓고는 이제는 도와준다는 이유가 뭐야? 그리고 너의 능력으로 몬스터를 어떻게 처리를 한다고 했는데 겨우 한두 마리를 조정하는 것을 가지고 자랑하는 것이라면 그만두는 것이 좋아. 내가 가려고 하는 곳에는 수십만의 몬스터가 있는 곳이니 말이야.'

브레인은 작정을 하였는지 에레나를 화나게 하고 있었다.

브레인의 말에 에레나는 자존심이 상했는지 반지가 부들부들 떨리고 있었다.

한참의 시간이 지나자 에레나가 다시 말을 걸고 있었다.

'마스터, 내가 전에 도움을 주지 않은 것이 아니라 마스터의 능력이 부족하여 움직이지 못한 것을 가지고 그렇게 말을 하면 안 되지. 그리고 몬스터는 정신 조작을 하는 일이기 때문에, 지금의 마스터의 능력으로도 충분히 내가 해 주려고 하였는데 싫으면 할 수 없지.'

에레나는 역시 고단수였다.

브레인의 말에 발끈하기는 했지만 바로 브레인이 원하는 것이 무엇인지를 파악하고는 딴짓을 하고 있었다.

브레인은 에레나와 대화를 하면 할수록 열불이 나는 것은 어쩔 수 없었는지 다시 얼굴이 붉게 달아오르고 있었다.

'으으으, 정말 열 받아 미치겠다. 저것을 그냥 두고 보아야 한다는 말이야.'

브레인은 열불이 나서 미칠 것 같은 기분이었지만 몬스터를 토벌하는데 에레나의 말대로 되기만 한다면 정말 도움이 된다는 생각에, 가슴속에 일어나는 불길을 진정시키고 있었다.

'에레나, 정말 몬스터를 조정할 수 있는 거야?'

브레인의 말은 아까와는 다르게 상당히 부드럽게 대하

고 있었다.

'아까는 마스터가 싫다고 하지 않았나?'

'내가 언제 싫다고 했어. 아직 그런 말은 하지도 않았는데 말이야.'

브레인은 에레나의 도움을 받으려면 어쩔 수 없이 에레나를 달래야 한다고 생각하고는 지금 필생의 노력을 다하여 에레나를 달래고 있었다.

흑마법을 이용한다고 하는 것이 조금 마음에 걸리기는 했지만, 몬스터를 상대로 하는 것이라 생각하니 흑마법이 아니라 무엇이라도 이용을 할 수 있으면 해도 된다는 생각이 들었다.

흑마법이 대륙에서 지탄을 받고 있기는 하지만, 그래도 몬스터를 조정할 수 있다면 브레인의 입장에서는 정말 많은 도움을 받을 수 있었기 때문이다.

실지로 영지의 경계에 몬스터가 지키고 있다면 병력의 손실이 없고, 영지민에게 피해가 가지 않으니 이 얼마나 좋은 일이겠는가 말이다.

'나는 마스터가 싫다고 하는 것으로 들었는데 아닌가?'

'에레나 나는 절대로 그런 말을 한 적이 없다. 그러니 이상한 오해를 하지 않았으면 좋겠다. 그리고 이번 토벌에 에레나의 도움을 받아 몬스터를 토벌하게 되면 나도 본격적으로 수련을 하려고 생각하고 있으니 몬스터만 에레나가 맡아 줘.'

브레인은 에레나가 가장 자신에게 원하고 있는 것이 바로 수련을 하여 실력을 높이는 것이기 때문에 그를 이용하여 에레나를 설득하고 있었다.

에레나는 무엇 때문인지는 모르지만 브레인의 실력을 높이는 것에 가장 많은 신경을 쓰고 있었다.

'마스터가 그렇게 해 준다면 내가 한 번 실력을 보여 주지. 그런데 나중에 수련을 하지 않으면 몬스터를 이용하여 영지를 공격하게 만들거니 알아서 처신해야 할 거야.'

브레인은 에레나의 말에 성질 같으면 반지를 빼서 그냥 부서 버리고 싶은 마음이었다.

하지만 반지는 브레인의 능력으로는 어쩌지 못하는 물건이니 마음으로만 부시고 있었다.

속에 타오르는 열불을 감당하지 못하는 브레인은 다시 나가고 있었다.

지금의 이 심정으로 있으면 정말 열불이 나서 미칠 것 같아서였다.

'으으으, 빌어먹을 놈 나중에 두고 보자. 반드시 복수를 하고 말 거다.'

브레인은 나오면서도 열이 식지 않아 길길이 날뛰고 있었지만 당장은 화가 나 있는 것을 수습할 방법이 없으니 어쩔 수 없는 일이었다.

화가 나니 일단 진정을 시켜야겠다고 생각하고 기사들이 수련을 하는 곳으로 가고 있었다.

브레인이 가고 있는 기사단이 수련을 하는 곳에는 지금 엄청난 인원이 모여 있었다.

헤이론 왕국의 모든 기사들의 소망은 바로 무적의 기사단에 가입을 하는 것이었기 때문에, 브레인이 수도로 오니 수많은 기사들이 기사단에 입단을 신청하여 처음에는 브레인과 기사들도 당황하였다.

브레인은 그런 기사들의 입단을 잠시 미루고 무적의 기사단을 다시 세부적으로 세 개의 기사단으로 나누었다.

"무적 기사단을 모두 세 개의 기사단으로 만들어 지금 신청을 하여 대기하고 있는 기사들의 실력을 보고 견습 기사와 정식 기사로 나누어 배치를 해 주도록 하라."

"알겠습니다. 그러면 예전에 정했던 대로 레드, 블랙, 블루, 이렇게 세 개의 기사단으로 만들면 되겠습니까?"

"그렇게 하고 부족하면 기사단을 더 만들면 되니, 일단 가입을 원하는 기사들의 실력을 먼저 확인을 하고 이들을 견습 기사로 만들지 아니면 정식 기사로 만들지를 확인하라고 해 줘."

공작이 보유할 수 있는 기사단은 모두 세 개의 기사단이었지만 대공의 작위를 받은 브레인이었기에 기사단의 수는 사실 원하는 대로 만들 수가 있었다.

대공이라는 작위 자체가 이미 공국을 만들 수 있는 위치였기 때문이었다.

브레인이 처음에는 기사단을 세 개만 만들려고 하였기 때문에 인원을 늘려 그 기사단을 그대로 꾸리려고 하고 있었다.

브레인의 명령에 헤이론 왕국의 기사들이 몰려들었고, 모두 브레인의 원하는 대로 실력을 검증받아 이들을 배치하게 되었다.

그래서 지금 브레인이 보유한 기사단은 세 개의 기사단이지만 그 인원은 천여 명이 되는 엄청난 기사들을 보유하게 되었다.

브레인의 기사단에는 익스퍼트 초급의 실력은 견습의 기사의 위치에 서게 되었고, 최소한 중급의 실력이 되어야 기사로서 대우를 해 주는 일이 발생하였지만 기사들 중에 누구도 이에 불만을 가지고 있는 사람은 없었다.

아니, 오히려 이들은 이런 실력이 높은 기사단에 가입을 하게 되어 감사를 하고 있었다.

"이얏!"

"똑바로 하지 못하겠나? 그렇게 검에 힘이 들어가지 않으면 적을 어찌 베려고 하는가?"

지금 기사들을 수련시키는 사람은 바로 알렉스였다.

알렉스는 지금 블랙 기사단의 단장을 맡아 기사들을 수련시키고 있었다.

세 개의 기사단이지만 이들이 모두 무적 기사단이라는 이름으로 묶여 있다는 사실을 모르는 사람은 없었다.

"열심히 하겠습니다. 단장님."

기사들은 마스터에게 직접 가르침을 받고 있다는 사실 자체가 엄청난 영광으로 생각하고 있기 때문에 알렉스의 질타에 누구도 불만을 가지는 기사는 없었다.

"그대들은 무적 기사단이라는 것을 명심하고 최선을 다해 수련을 해야 한다. 이는 기사단의 명예와 관련이 있기 때문이다. 모두 알아듣겠나?"

"예, 알고 있습니다."

"다시 시작한다. 이번에는 검에 힘이 빠지는 기사가 없도록 하라."

"예, 단장님."

기사들의 우렁찬 외침이 수련장을 울리고 있었다.

알렉스는 그런 기사들을 보며 마음에 드는지 입가에 흐뭇한 미소가 걸쳐졌다.

기사들은 다시 검을 들고 열심히 수련을 하기 시작했다.

알렉스가 있는 곳으로 오고 있는 브레인은 알렉스가 기사들을 훈련시키는 모습을 보고는 조금 마음이 풀어지고 있었다.

알렉스는 자신의 뒤로 누군가 오고 있다는 것을 느끼고는 바로 몸을 돌렸다.

뒤에는 브레인이 자신이 있는 곳으로 오고 있는 것을 보고는 알렉스는 황급히 인사를 하였다.

"대공 전하, 어서 오십시오."

알렉스의 인사에 기사들도 수련을 멈추고 힘차게 인사를 하였다.

"대공 전하를 뵙습니다."

"대공 전하께 인사드립니다."

기사들의 우렁찬 목소리는 브레인의 마음을 다시 활발하게 만들어 주고도 남았다.

브레인은 기사들의 인사에 가볍게 고개를 끄덕였다.

"기사들의 수련에 힘이 들겠지만 이를 극복하면 그대들도 그만큼 실력이 향상된다는 것을 잊지 말고 노력을 하기를 바란다."

"예, 대공 전하."

"알겠습니다. 대공 전하."

기사들은 브레인이 직접 자신들의 수련을 지켜보고 있다는 사실에 속으로 영광이라고 생각하고 있었다.

헤이론 왕국의 영웅인 브레인은 기사들의 마음속의 영웅이기도 했기 때문이다.

헤이론 왕국에서의 브레인의 위치는 정말 대단한 사람으로 인식이 되어 있었다.

"알렉스, 오늘은 나와 잠시 대련을 하는 것이 어떤가?"

브레인은 화가 나서 수련을 하기 위해 나왔지만 알렉스를 보고는 잠시 대련을 하고 싶은 기분이 들어 하는 말이었다.

"대공 전하, 알겠습니다. 준비를 하겠습니다. 모두 수련을 멈추고 대공 전하와 나의 대련을 보기 바란다. 보는 것만도 너희들에게는 많은 도움이 될 것이니 말이다."

기사들은 마스터끼리 대련을 한다는 말에 기대감이 들은 눈빛을 하고는 자리를 마련해 주고 있었다.

기사들이 자리를 마련해 주니 알렉스는 브레인과 마주 보고 섰다.

두 사람도 오랜만에 하는 대련이었지만 알렉스는 잔뜩 긴장한 표정을 지었다.

알렉스는 브레인의 상대로 아직 자신이 부족하다는 것을 알고 있었지만, 강자와 대련을 해야 실력이 늘기 때문에 브레인과의 대련은 항상 기다리고 있었다.

"대공 전하, 이제 시작하시지요."

"오시게."

스르릉!

브레인과 알렉스는 검을 뽑아 상대를 보았다.

알렉스는 검술 자체가 패도적인 검술이라 브레인의 말이 끝나자 바로 공격을 시작하였다.

"하이얏!"

챙챙챙!

번쩍 번쩍!

처음부터 마나를 이용하여 하는 공격이라 그런지 주변

에 마나의 움직임이 느껴질 정도로 강도가 있는 공격이었다.

브레인은 그런 알렉스의 공격을 힘들지 않게 받아 주고 있었다.

알렉스는 아직도 브레인의 검술에 비하면 자신이 부족하다는 것을 알았지만, 지난 연습으로 어느 정도는 쫓아갔다고 생각했는데 오히려 더 많은 간격이 벌어졌다는 것을 알게 되니 속으로는 브레인이 인간 같아 보이지가 않았다.

'아니 도대체 대공 전하는 인간이 맞는 거야? 그렇게 열심히 수련을 했는데 어떻게 더 많은 간격이 벌어진 거야?'

알렉스는 브레인과 자신의 실력이 예전보다도 더 벌어진 것에 놀라고 있었다.

브레인은 자신과 같이 있으면서 수련을 하지 않았다는 것을 알고 있어서였다.

"이제 내가 공격을 할 것이니 준비하게."

브레인은 그렇게 말을 하고는 바로 공격을 하기 시작했다.

브레인의 검에 오러 블레이드가 생성되자 알렉스도 빠

르게 오러 블레이드를 만들었다.

오러 블레이드는 같은 오러가 아니면 상대를 할 수 없었기 때문이다.

브레인은 최근에 깨달은 검술을 사용하려고 하고 있었다.

알렉스나 친구들이 익히고 있는 검술은 근위병사들이 사용하는 것이었지만 최근에 알렉스와 친구들에게는 근위기사들이 사용하는 검술을 알려 주어 새롭게 익히고 있는 중이었다.

브레인은 그런 검술 중에 자신이 최근에 깨달은 검술을 사용하려고 하고 있었다.

브레인의 검에 생긴 오러 블레이드가 더욱 커지기 시작하면서 공격이 시작되었다.

꽈르르 쾅!

마나의 힘이 얼마나 강한지 검을 휘두르는 주변의 공기가 찢어지며 나는 소리가 마치 태풍을 만난 것 같았다.

알렉스는 이번 공격이 얼마나 강한지를 느끼고는 이마에 식은땀이 흘렀지만 이를 닦을 시간이 없었다.

알렉스는 입술을 깨물며 검에 자신의 마나를 모두 담아 방어를 하였다.

우르릉 꽝!

"크으윽! 우엑!"

알렉스는 브레인의 공격을 방어는 했지만 그 힘을 모두 받아 내지 못해 내상을 입고 말았다.

브레인은 알렉스의 실력이라면 충분히 막을 수 있을 것이라고 생각했는데, 부상을 입자 깜짝 놀라는 얼굴을 하며 얼른 알렉스에게 다가갔다.

"알렉스 백작, 괜찮은가?"

"쿨럭! 괜찮습니다. 그런데 그 검술은 무엇입니까?"

알렉스는 부상보다는 새로운 검술에 대한 궁금증이 먼저였는가 보다.

"이번에 새롭게 깨달은 검술이네. 아직 나도 완성이 된 검술은 아니지만 그래도 부상을 입을 줄은 몰랐네."

"아닙니다. 부상은 그리 심하지 않으니 이삼 일만 지나면 됩니다. 그보다 그 검술 저에게 알려 주십시오. 저도 배우고 싶습니다."

알렉스는 지금 브레인이 보여 준 검술은 자신이 그토록 바라고 있던 패도적인 검술이라는 생각에 첫눈에 반해 버렸다.

브레인은 알렉스가 부상을 입고도 새로운 검술에 욕심

을 내는 것을 보고는 입가에 웃음이 나왔다.

"하하하, 자네는 아무리 부상을 당해도 새로운 검술만 보면 금방 나을 것이야. 나중에 찾아오게."

브레인의 대답에 알렉스는 얼굴이 금방 환해지며 감사의 인사를 하였다.

"감사합니다. 대공 전하."

알렉스는 이따가 바로 찾아갈 생각으로 하는 인사였다.

알렉스는 성격상 시간을 끄는 것을 그리 참지 못하기 때문에 바로 찾아갈 생각이었다.

브레인이 돌아가고 지금까지 구경을 하고 있던 기사들은 넋을 놓고 있는 중이었다.

이들은 지금까지 브레인이 마스터라고만 알고 있었지 실지로 대련을 하는 모습은 처음으로 보는 것이라 이리 놀라고 있었다.

알렉스는 그런 기사들을 보고 크게 고함을 쳤다.

"모두 정신 차려라. 이 정도에 놀라는 것은 우리 무적 기사 단원이 아니라고 생각하겠다."

알렉스의 말에 기사들은 황급히 정신을 차리기 시작했다.

기사들이 정신을 차리자 알렉스는 빠르게 다음 말을 이

어 했다.

"지금부터 자율적으로 수련을 시작한다. 내가 없다고 다른 짓을 하는 기사가 있다면 이는 나를 기만한 것으로 알고 그에 해당하는 벌을 주도록 하겠다. 모두 알겠나?"

"예, 단장님."

"알겠습니다. 단장님."

기사들의 대답에 알렉스는 빠르게 브레인이 있는 곳으로 달려갔다.

달려가는 것이 아니라 거의 날아간다고 해야 맞는 말일 것이지만 말이다.

알렉스가 사라지자 기사들은 수군거리고 있었다.

"아니, 브레인 대공 전하께서 저렇게 대단한 실력을 가지고 계신 것을 왜 우리는 몰랐지?"

"그동안 소문만 나서 그런 것이겠지. 그리고 우리의 실력으로는 대공 전하의 실력에 대한 말을 할 수나 있겠는가."

기사들은 한 기사의 말에 모두 고개를 끄덕였다.

실지로 자신들의 실력으로는 브레인의 실력을 말한다는 것 자체가 부끄러운 일이었기 때문이었다.

"자, 우리도 저렇게 대단한 분을 모시고 있으니 그만한 자격을 가지고 있어야 하지 않겠나. 우리 더욱 열심히 수련을 하여 우리도 마스터가 되도록 하세."

"그래, 우리도 마스터가 되자."

기사들은 마스터를 꿈꾸기 시작했고 이들에게는 희망이 보였다.

헤이론 왕국의 기사들이라면 누구나 지금의 무적 기사단이 예전에 어떤 기사였는지를 알고 있었다.

예전의 수도 경비대에 속해 있던 기사들이 지금의 무적 기사 단원들이었으니 이들도 희망을 가지게 되었던 것이다.

자신들도 충분히 강해질 수 있다는 희망이 보이니 스스로 노력을 하게 되었고 이는 결국 강해지는 비결이기도 했다.

기사들은 다시 수련을 시작하였고 브레인은 알렉스의 지겨운 아부를 듣고 있었다.

"대공 전하, 제발 다른 검술도 함께 알려 주십시오. 위대한 분이시여."

"알렉스, 그렇게 아부를 하지 않아도 알려 준다고 했지."

"아닙니다. 저는 대공 전하의 영원한 종입니다. 그러니 언제든지 새로운 검술이 생기면 바로바로 알려 주시기 바랍니다."

알렉스는 브레인을 보며 아부의 극치를 보여 주고 있었다.

아부란 저렇게 하면 된다라는 것을 알렉스가 직접 몸으로 보여 주고 있었다.

알렉스의 아부를 알게 된 수하 기사들 중에 한 명이 그런 알렉스에 대한 책을 써서 훗날 베스트셀러가 되었다는 소문이 있었다.

제목이 '아부 알렉스처럼 하면 소원 성취 한다' 이런 제목으로 나간 책은 순식간에 왕국 전역에 팔렸다는 소문이 있었지만 아무도 이를 확인한 사람은 없었다.

브레인은 결국 알렉스의 강짜에 검술을 알려 주게 되었고, 한동안 그런 알렉스의 눈길을 피하고 다니게 되었다.

알렉스는 브레인이 새로운 검술을 만들고 있다고 생각하였는지 브레인이 조용히 있으면 찾아오지 않고 기다려 주었다.

검술을 만드는 일이 쉬운 일은 아니라고 생각하고 있는 알렉스였기에 충분한 시간을 주면 좋은 검술이 나올 것이라고 믿고 있는 것 같았다.

헤이론 왕국의 국왕이 있는 곳에는 지금 귀족들이 모여 회의를 하고 있는 중이었다.

"아레아 영지로 떠날 준비는 어찌 되고 있소?"

"지금 준비를 하고 있는 중입니다. 하지만 아직도 한 달의 시간은 필요합니다. 폐하."

"한 달이나 필요하오?"

"예, 군량이 부족하여 어쩔 수 없이 수입을 하고 있어서 그렇습니다. 폐하."

헤이론 왕국은 지금 군량이 부족하여 수입을 하고 있는 중이었다.

바이탈 왕국에 전쟁에 대한 배상금을 받으러 사신이 떠났지만 아직 돌아오려면 시간이 필요하였고, 브레인을 하루라도 빨리 아레아 영지로 보내려면 군량이 부족하게 할 수는 없었기에 국왕은 왕국의 운영비로 식량을 준비하라고 지시를 하였지만 수입을 하는 것이라 시간이 필요했다.

"수입을 하는 시간이 그렇게 걸리오?"

"예, 카론 왕국에서 수입을 하고 있지만 카론 왕국도 많은 식량을 준비하고 있는 것이 아니라 시간이 걸리고 있습니다. 폐하."

"빨리 준비를 하라고 하시오. 하루라도 빨리 브레인 대공을 아레아 영지로 보내야 하지 않겠소."

국왕의 말에 귀족들도 인정을 하는지 고개를 끄덕였다.

지금 모여 있는 귀족들은 국왕을 따르는 친국왕파에 속하는 인물들이었다.

이들은 브레인이 전쟁에 승리를 하자 대공의 작위를 주며 바로 아레아 영지로 보낼 계획을 짠 인물들이었다.

왕국의 영웅인 브레인을 그냥 두면 결국 브레인을 따르는 귀족들이 생길 것이고, 그러면 국왕의 세력과는 비교도 되지 않을 정도의 커다란 힘을 가진 귀족파가 생기는 것을 반대해서였다.

귀족이라고 해도 힘이 생기게 되면 국왕과 척을 지게 될 것이니 미리 이를 예방하는 차원에서 브레인을 아레아 영지로 가게 만들은 것이다.

물론 이들은 아레아 영지가 몬스터의 천국으로 변해 있다는 것을 알고 브레인도 아레아를 평정하는 것은 실패할 것을 염두에 두고 계획한 일이었다.

만약에 브레인이 실패를 하고 돌아오게 되면 이를 계기로 브레인의 명성에 금이 가게 만들려고 하였다.

힘을 가진 귀족이니 세력을 만들지 못하게 하기 위해

국왕파의 귀족 중에 현자라고 불리던 바이칼 후작이 짠 계획이었고, 이를 모두 찬성하여 지금과 같은 결과가 나온 것이다.

“폐하. 아레아 영지로 파병을 간다는 사실은 이미 왕국에 소문이 나 있는 상황입니다. 브레인 대공이 간다는 사실로 인해 병사들의 사기도 좋고 하니 충분한 시간을 주시는 것도 나쁘지 않습니다. 아레아 영지는 아무리 브레인 대공이 가도 어쩌지 못하는 곳이기 때문입니다. 몬스터의 무리가 무려 수백만이나 되는데 브레인 대공이 가서 무엇을 어쩌겠습니까.”

“그렇습니다. 대륙에 모든 나라가 몬스터 대지라고 부르고 있는 곳을 브레인 대공이 평정을 한다는 것은 있을 수가 없는 일입니다. 폐하.”

하기는 대륙의 어떤 나라도 몬스터 대지를 침공하여 살아 돌아온 사람은 없었기에 이들도 장담을 하고 있기는 했지만, 이들도 모르는 것이 바로 브레인에게는 에레나라는 수하가 있다는 사실을 모르니 그렇게 생각하는 것도 이상하지 않는 일이기는 했다.

“알겠소. 군량을 충분히 준비를 하여 보내도록 합시다. 지금 브레인 대공은 무엇을 하고 있소?”

"예, 이번에 새로운 기사들을 모아 수련을 시키고 있다고 하옵니다. 브레인 대공도 아레아 영지에 대한 조사를 하였을 것이니 그에 대한 준비를 하고 있는 것 같습니다."

"흠, 기사들을 모은다고 하였소?"

"예, 하지만 그리 걱정을 하지 않으셔도 될 것 같습니다. 이번에 모인 기사들은 모두 아레아 영지로 데려간다고 공표를 하였으니 말입니다."

국왕과 귀족들은 혹시 브레인이 전력을 두고 떠나지 않을까라는 생각에 약간은 긴장을 하고 있었는데, 브레인이 스스로 아레아 영지로 기사들을 모두 데리고 가겠다고 발표를 하였으니 이들의 불안감이 모두 사라지게 되었기 때문이다.

"브레인 대공이 아레아 영지로 가는 길에 불편함이 없도록 왕국에서 지원을 최대한 해 주시오. 이는 다른 사람의 눈도 있으니 절대 차질이 없어야 하오."

"걱정하지 마십시오. 국왕 폐하."

"알겠습니다. 폐하."

국왕과 귀족들은 그렇게 브레인을 아레아 영지로 떠나게 할 준비를 하고 있었다.

브레인이 어떠한 준비를 하고 있는지도 모르면서 말이다.

아레아 영지로 떠나는 길은 국왕의 적극적인 지원으로 빠르게 준비를 하기 시작하였다.

2.

몬스터 토벌군이 간다

브레인은 기사들의 수련에 만전을 가하라는 지시를 내렸고, 각 단장들은 그런 브레인의 지시에 따라 지원을 한 기사들과 기존의 기사들을 모두 혹독하게 수련을 시키고 있었다.

이제 왕국을 떠나 새로운 곳으로 가게 된다는 사실을 이들도 모두 알고 있기 때문에 최선을 다해 수련을 하고 있었다.

자신들이 한 번 더 휘두르는 검이 목숨을 살려 준다는 생각에 힘이 들어도 마지막까지 힘을 짜내어 검을 휘두르고 있었다.

기사들이 스스로 노력을 하고 있으니 이들의 실력이 나날이 달라지고 있었다.

기사들은 자신들의 실력이 늘어난다는 것을 아직은 모르고 있지만 나중에 스스로 알게 될 것이다.

"브레인 대공 전하께서는 왕궁에 드시라는 국왕 폐하의 말씀이 있으셨습니다."

국왕의 근위 기사가 브레인을 찾아와서 왕궁으로 오라는 말을 전하고 있었다.

"알겠네. 수고하였네."

브레인은 기사를 그렇게 보내고 바로 준비하라는 지시를 내렸다.

"왕궁을 나오면 아마도 아레아 영지로 바로 출발을 하게 될 것이니, 기사들을 준비시켜 대기를 하고 있도록 하게."

"알겠습니다. 대공 전하."

"예, 대공 전하."

가신들의 대답에 브레인은 바로 왕궁으로 출발을 하였다.

이미 마차는 항시 대기를 하고 있으니 나가기만 하면 되는 일이었다.

브레인이 나가 마차에 오르니 기사 단원들이 철통같이 호위를 하며 마차는 왕궁으로 출발을 하였다.

두두두.

수도에서 마차를 타고 속도를 내지는 못하지만 그래도 어느 정도는 달릴 수가 있었다.

이는 전시를 당해 본 경험을 가진 국왕이 미리 조치를 취해 놓았기 때문이었다.

마차는 왕궁의 정문에 도착을 하였지만 이미 연락을 받았는지 마차에 있는 깃발을 보고는 막지도 않고 지나가도록 해 주었다.

"브레인 대공 전하이시다."

"이미 연락을 받았습니다. 통과하십시오."

기사들은 마차와 함께 왕궁으로 들어갔고 마차는 왕궁의 궁에 도착을 하자 서서히 속도를 줄였다.

왕궁이 그리 크지는 않지만 그래도 오랜 세월을 견디어 낸 오래된 건물들이 많은 곳이었다.

"대공 전하, 도착을 하였습니다."

"알았다."

브레인은 마차에서 내려 궁의 입구로 갔다.

궁에는 이미 많은 귀족들이 도착을 하여 브레인을 기다

리고 있었다.

국왕은 이미 병력을 준비하여 출발을 할 수 있도록 하고는 브레인을 부른 것이었다.

"어서 오십시오. 대공 전하."

"안에 말씀을 드려 주게."

"폐하, 브레인 대공 전하 납시었습니다."

시종장의 목소리가 울려 퍼지자 안에서 웅성거리고 있던 귀족들도 조용히 입을 다물었고 국왕은 바로 대답을 해 주었다.

"들라 하라."

거대한 문이 열리면서 안의 풍경이 눈에 보였다.

브레인은 당당하게 안으로 걸어 들어갔다.

뚜벅 뚜벅.

브레인이 지나가자 귀족들 모두가 브레인에게 고개를 숙이며 인사를 하였다.

왕국의 영웅인 브레인은 이들에게 당연히 그런 대접을 받을 자격이 있었다.

브레인은 국왕의 앞에 가서 정중하게 인사를 하였다.

"국왕 폐하의 부르심을 받고 왔습니다."

"수고하였소. 아레아 영지로 출발할 병력과 물자가 준

비되어 이렇게 오시라고 했소. 준비는 끝났으니 언제 출발을 하실 생각이시오?"

국왕은 브레인을 보며 노골적으로 가라고 하고 있었다.

브레인은 그런 국왕을 보며 이미 준비한 대로 대답을 해 주었다.

"내일 바로 출발을 하겠습니다. 그런데 병력은 모두 얼마나 준비가 되었습니까?"

이번에 아레아 영지로 가는 병사들은 모두 브레인이 아레아 영지를 점령하면 그대로 정착을 하기로 한 병력이었다.

그러니 브레인을 따라가는 병사들은 이미 국왕의 병력이 아닌 브레인 개인의 병력이라고 해도 무방하였다.

그런데 문제는 왕국의 귀족이 따라가야 하는데, 이 문제 때문에 국왕과 귀족들도 많은 부분을 협상해야 했다.

하급 귀족들이라고 해도 왕국의 귀족이었기에 이들이 양보를 하는 만큼 국왕도 어느 정도는 양보를 해야 했다.

결국 귀족들은 하급 귀족들을 보내는 것에 대한 보상으로 각 영지에 대한 세금을 감면 받는 것으로 약속을 하게 되었다.

아레아 영지로 갈 생각을 가지고 있는 귀족은 사실 아

무도 없었다.

그러니 귀족들이 아레아 영지로 가려는 사람은 없었고, 결국 귀족들은 하급 귀족 중에 영지가 없거나 아니면 몰락하는 영지를 가지고 있는 귀족을 지정하여 이들을 보내는 것으로 하게 되었다.

이들에게는 가족에 대한 책임을 왕국에서 지겠다고 약속을 해 주었고, 이들도 가족들 때문에 어쩔 수 없이 아레아 영지로 가는 길을 선택할 수밖에 없었다.

"대공의 말대로 지난 전쟁에 투입한 병력은 그대로 두었소. 그러니 병사들은 모두 십만이 조금 넘을 것이오. 그리고 그들을 지휘하는 귀족들은 조금 다른 인물들로 교체를 하였지만 이들도 충분히 검증을 받은 사람들이니 이번 토벌에는 문제가 생기지는 않을 것이오."

국왕은 전에 전쟁에 참전하였던 귀족들을 빼고 새로운 귀족들도 채워 브레인에게 데려 가라고 하고 있었다.

브레인은 국왕이 무언가 자신을 속이고 있다는 느낌을 받았지만 아직 증거도 없이 그런 말을 할 수는 없는 일이었기에 일단은 참고 있는 중이었다.

"알겠습니다. 그들도 내일 저와 함께 출발을 하도록 하겠습니다. 그리고 전에 전쟁에 참여한 기사들은 어찌 됩니까?"

전쟁에 참전을 한 기사들은 국왕의 직속 경비대 소속과 각 영지에서 지원을 해 준 기사들이 있었기에 하는 말이었다.

그들도 지원을 받아 가려고 하는 브레인이었다.

국왕이 이상한 마음을 가지고 있으니 자신도 최대한 많은 지원을 받아 가려고 하였다.

브레인의 말에 국왕과 귀족들은 안색이 별로 좋지 않는 표정들이었다.

지난 전쟁에 지원한 기사들은 모두 각 영지에 소속이 되어 있는 기사들이었기 때문에 이번 몬스터를 토벌하는 곳에는 보내지 않고 싶어서였다.

가면 죽는데 기사들을 그런 곳에 보낼 수는 없어서였다.

브레인이야 세력을 약화시키기 위해 기사단을 데리고 가도 문제가 없었지만 다른 영지는 상황이 달랐기 때문이다.

"브레인 대공. 미안하지만 그들은 각 영지에 소속이 되어 있는 기사들이라 이번 토벌에는 참전을 하지 못하게 되었소. 각 영지에도 이번 전쟁에 입은 피해를 복구하기 위해 그들이 필요해서요."

브레인은 국왕의 말속에 기사들은 지원을 해 주지 않겠다는 뜻을 파악하게 되었다.

'흠, 대충 보니 나의 힘만 소모를 시키려고 계획을 짠 것 같은데, 과연 국왕 당신이 원하는 대로 될지는 두고 보면 알게 될 것이오. 하지만 국왕이 먼저 나를 이용하여 제거하려는 움직임을 보였으니 내가 무슨 짓을 해도 원망은 하지 말기를 바라겠소.'

브레인은 이제 확실히 국왕이 노리고 있는 것이 무엇인지 감이 잡히고 있었다.

"국왕 폐하, 그러면 경비대 소속의 기사들이라도 주십시오. 이번 토벌전이 얼마나 힘이 든다는 것을 아시고 계시지 않습니까. 병사들이 많아도 결국 몬스터를 상대하는 것은 기사들이 있어야 합니다. 그러니 경비대의 기사라도 지원을 해 주십시오."

브레인의 얼굴은 경비대 기사를 지원해 주지 않으면 가지 않겠다는 표정을 짓고 있었다.

국왕과 귀족들은 난감한 얼굴이 되고 말았다.

이미 대륙에 몬스터 대지를 토벌한다는 소문이 나 있는데 브레인이 가지 않으면 헤이론 왕국의 입장에서는 정말 난처해지기 때문이었다.

국왕은 자신을 따르는 귀족들의 얼굴을 보며 어찌했으면 좋을지를 묻고 있었다.

귀족들도 국왕과 마찬가지로 곤란하기는 같은 입장이었는지 하나같이 얼굴이 별로 좋지 않았다.

"폐하, 경비대의 기사를 이번 토벌전에 지원을 해 주시는 것이 어떻습니까?"

이번 토벌전을 제의한 바이칼 후작이 먼저 국왕을 보며 조심스럽게 입을 열었다.

"경비대의 기사를 보내게 되면 수도의 경비는 누가 할 것이오?"

"경비대의 기사를 모두 보내는 것은 불가능한 일이니 일부 기사들만 지원을 하는 것으로 하시면 될 것으로 압니다."

바이칼 후작은 기사들을 지원해 주고 생색만 내자라는 뜻이었다.

국왕도 바이칼 후작의 말을 알아듣고는 이내 허락을 하고 있었다.

참으로 손발이 척척 맞는 신하와 국왕이었다.

"그럼 경비대의 기사들 중 일부를 지원을 해 주면 되

겠소?"

브레인은 국왕이 하는 말을 듣고는 귀족들도 국왕과 이미 이번 계획에 동참을 하고 있다는 것을 알았다.

아마도 자신의 힘이 강해지니 불안함에 국왕과 합작으로 이번 일을 도모하였을 것이라는 생각이 들자 역사가 깊은 헤이론 왕국도 결국 새로운 세력을 인정하지 않으려는 의지라는 생각이 들었다.

'그대들이 오늘 나에게 대한 것을 나중에는 톡톡히 받게 될 것이오. 기대해도 좋소. 이는 나의 이름을 걸고 약속을 하리다.'

브레인은 국왕과 귀족들을 보며 속으로는 열불이 났지만 내색은 하지 않고 그냥 묵묵히 국왕이 주는 것을 받아들이고 있었다.

"알겠습니다. 경비대의 기사는 절반만 지원을 받도록 하겠습니다. 대신에 기사를 고르는 것은 제가 직접 고르도록 해 주십시오. 토벌을 가서 죽지 않게 하려는 마음에서입니다."

브레인은 경비대의 기사를 골라 데리고 가기로 했으니 이왕이면 마음에 드는 기사로 골라 가려고 하였다.

제이슨 단장이 있으니 경비대의 기사들 중에 쓸 만한

인재는 모두 골라 가려는 속셈이었다.

국왕은 일부만 지원을 하려고 하였는데 브레인이 직접 절반을 달라고 하니 참으로 난처한 입장이었지만 지금은 브레인을 보내는 것이 우선이라는 생각에 결국 수락을 하고 말았다.

"그렇게 하시오. 경비대의 기사는 브레인 대공이 직접 뽑아 지원을 하는 것으로 처리를 할 것이니, 자이넨 자작은 그렇게 알고 기사들을 대기시키도록 하시오."

국왕의 명령이 떨어지자 자이넨 자작은 울상을 하는 얼굴을 하며 대답을 하였다.

"알겠습니다. 국왕 폐하."

경비대의 기사는 자신의 수하들이었기 때문에 지금 경비대에 속해 있는 기사들에게 브레인이 얼마나 많은 영향력을 가지고 있는지를 알고 있어서였다.

지금의 상황을 기사들에게 알려 준다면 아마도 대부분이 지원을 하려고 할 것이 걱정되어서였다.

그만큼 경비대 소속의 기사들에게는 브레인의 영향이 컸다.

브레인은 국왕이 경비대의 기사들을 포기했다는 것을 알았다.

'하하하, 지금은 그들이 약해 보이니 그렇지 나중에 그들의 실력이 높아지면 아마도 아까워 죽을 것 같은 기분이 들 거요.'

브레인은 경비대에 속해 있는 기사들이 제법 재능이 있다는 것을 알고 국왕을 비웃었다.

당장에 보이는 것만 보는 눈을 가진 국왕이었기에 브레인은 이제 그런 국왕은 신경도 쓰지 않았다.

브레인은 아레아 영지를 출발하기 위해 경비대로 가서 기사들을 선발하기 시작했다.

경비대로 가는 길에는 제이슨 단장과 함께 움직이고 있으니 경비대의 기사들도 존경스러운 눈빛을 하며 제이슨을 보았다.

일개 기사에서 지금은 감히 자신들이 바라볼 수 없는 위치에 있는 제이슨이었기에 이들은 부러움과 존경의 눈빛으로 제이슨을 보았다.

"제이슨 단장이 경비대 기사들에 대해서는 가장 많이 알고 있으니, 이번 기사들의 선발은 그대에게 일임을 할 것이오. 그러니 실력보다는 저들의 인품을 보고 뽑도록 하시오."

"예, 대공 전하."

제이슨은 힘차게 대답을 하고는 경비대 기사들이 모여 있는 곳으로 갔다.

제이슨은 이미 이들에 대한 신상명세서를 받아 보고 오는 길이라 누구를 뽑아야 하는지를 알고 있었다.

제이슨은 기사들을 보며 바로 준비된 이들을 불러 선발을 하기 시작했다.

"오늘 내가 이 자리에 오게 된 이유는 이미 너희들이 들어 알고 있을 것이라 생각한다. 시간이 없으니 바로 호명을 할 것이고 부른 이는 바로 준비를 하고 내일까지 수도의 정문 앞으로 모이기 바란다. 그대들에게 무적의 기사단에 속할 영광이 주는 것이니 부끄럽지 않게 행동을 해 주기 바란다."

제이슨의 말에 기사들은 대답도 하지 못하고 제이슨을 보고 있었다.

기사들의 눈빛은 모두가 초롱초롱 빛나고 있는 것이 모두가 무적의 기사단이 되기를 바라고 있는 것 같았다.

"엔젤 경, 후르츠 경, 파니엘 경, 토마스 경……."

제이슨은 기사들의 이름을 부르기 시작했고 기사들의 반응은 즉석에서 나타났다.

이름이 불린 기사는 얼굴에 기쁨이 가득하였고 아직 남

아 있는 기사들은 초조한 기색을 보이고 있었다.

한참의 시간이 지나자 모든 기사들을 호명한 제이슨이 다시 입을 열어 남아 있는 이들을 달래 주었다.

"오늘 호명한 사람은 내일 아침에 늦지 않게 아까 이야기한 장소로 오고, 남아 있는 기사는 아직도 기회는 남아 있으니 부럽다고 생각하지 말고 최선을 다해 노력을 하고 있도록 하라. 아레아 영지를 토벌하고 새롭게 기사를 선발하신다는 대공 전하의 말씀이 있으셨으니 모두 기대하기 바란다. 나중에 와서 변화가 없는 사람은 두고 갈 것이니 모두 최선을 다해 노력을 하기 바란다. 이상!"

제이슨은 그렇게 말을 하고는 바로 돌아갔다.

기사들은 제이슨이 가고도 아직 정신을 차리지 못했는지 아쉬움이 가득한 얼굴을 하고 있었다.

하지만 그중에 한 기사는 그런 기사들과는 다른 반응을 보이고 있었다.

"이번 토벌에 가는 기사들은 아마도 모두 죽게 되니 우리가 가지 않은 것은 천행이라고 생각하라고."

기사의 말에 주변에 있던 기사들의 눈빛이 달라졌다.

"무슨 말이지?"

"너희들도 아레아 영지가 어떤 곳인지는 알고 있으면서

묻는 의도는 뭐냐?"

기사의 말에 다른 기사들도 공감이 가는 눈치였다.

"아레아 영지가 비록 몬스터의 천국이라고 불리는 곳이지만, 브레인 대공과 마스터들이 가는 곳이니 충분히 토벌을 할 수 있을 것이라고 생각하는데 너는 다른 생각을 하고 있는 것 같네."

"물론 브레인 대공 전하와 마스터들이 강하기는 하지 하지만, 지금까지 다른 나라에서도 마스터를 보내지 않은 것은 아니라는 것을 알아주었으면 하네. 다른 나라에서도 마스터와 기사들을 보냈지만 아직도 그곳에서 살아 돌아온 사람은 아무도 없다는 것을 말이야. 나는 이번 토벌전에 참여를 하지 않은 것이 다행이라고 생각하고 있네."

기사의 말도 일리는 있는 말이었기 때문에 수긍을 하는 기사들도 제법 많아졌다.

하지만 아직은 그 말에 수긍하지 않고 브레인을 따르고 싶어 하는 기사들이 더 많았다.

남아 있는 경비대의 기사들은 이제 각자 다른 생각을 하고 있게 되었다.

그전에는 경비대에 속해 있는 기사로 평생을 마쳐야 한다는 생각만 하였는데 이제는 다른 길이 생겼기 때문이었다.

비록 아직 다른 영주들이 자신들을 보려고 하지 않지만 그래도 브레인이라는 엄청난 실력자가 자신들을 뽑아 주고 있다는 것이 이들에게는 엄청난 위안이 되고 있었다.

브레인은 제이슨과 함께 병사들이 있는 곳으로 가고 있었다.

"대공 전하, 내일이면 병사들을 만날 수 있는데 지금 가시는 이유가 있으신지요?"

"제이슨 단장도 알겠지만 병사들의 사기는 지휘자가 어찌하느냐에 따라 달라지게 되니 지금 미리 병사들을 만나 보는 것이 우리에게는 더 좋은 결과를 가지게 올 수 있소."

브레인의 말에 제이슨은 감탄을 하고 말았다.

전쟁을 하면서도 브레인은 병사들을 챙기는 모습을 보여 주어 병사들에게 대단한 인기를 얻었는데 지금도 그런 모습은 변하지 않는 것에 놀라고 있었다.

귀족이라는 신분으로 병사들까지 챙기는 사람은 없어서였다.

"그럼, 병사들과 지휘관들을 모두 만나시려고 하시는 것인지요?"

"그렇소. 지휘관이라고는 하지만 이들도 이미 버려진 존재이니, 내가 그들을 데리고 가려면 우선 마음을 얻어야 하지 않겠소."

브레인이 오늘 지휘관들을 보러 가는 목적은 바로 이들의 마음을 얻기 위해서였다.

이미 브레인의 명성은 널리 알려져 있으니 지휘관들도 브레인에 대해서는 알고 있을 것이므로 지금이 이들의 마음을 얻을 기회이기는 했다.

물론 마음과 다르게 일이 진행이 될 수도 있지만, 브레인은 이들도 왕국에서 버려진 존재라는 것이 마음이 들어 설득을 하려고 하고 있었다.

병영이 있는 곳은 그리 멀지 않은 곳이라 브레인은 금방 도착을 할 수 있었다.

병영의 입구에는 병사들이 경계를 서고 있었다.

"누구냐?"

제이슨은 병사의 외침에 빠르게 대답을 해 주었다.

"이번 원정군의 사령관이신 브레인 대공 전하이시다."

제이슨의 외침에 병사들은 더 이상 말이 없었다.

이들도 브레인이 사령관을 맡을 것이라는 사실을 알고 있어서였다.

"대… 공 전하를 뵈옵니다."

"대공 전하께 인사드립니다."

병사들은 브레인을 보자 바로 허리를 꺾으며 인사를 하였다.

브레인의 얼굴은 이미 왕국 전역에 알려져 있어 병사들도 브레인의 얼굴은 기억하고 있을 정도였다.

"수고들 많네. 나는 안에 일이 있어 들어가려고 하니 경계를 더욱 철저히 해 주게."

"예, 대공 전하."

병사들은 브레인이 부드럽게 말을 하자 힘차게 대답을 하였다.

전장은 아니지만 이미 전장의 경험을 가지고 있는 병사였기에 대답을 어찌해야 하는지를 알고 있었다.

병사들의 대답을 들으며 브레인과 제이슨은 지휘관들이 머물고 있는 막사를 찾아갔다.

전장에서도 귀족들이 머무는 막사는 쉽게 찾을 수 있을 정도로 막사는 병사들과는 차이가 났다.

"저기가 지휘관들이 머무는 곳인 것 같습니다."

"어서 가지."

브레인과 제이슨은 지휘관들이 있는 곳으로 바로 갔다.

지휘관이 있는 곳에도 병사들이 경계를 서고 있었다.

하지만 이미 입구의 경계를 지나 온 것이라 그런지 병사들도 그리 심하게 검문을 하지는 않는 것 같았다.

"어? 저기 오시는 분은 브레인 대공 전하이신 것 같은데?"

한 병사가 브레인의 얼굴을 보고는 바로 알아보았다.

브레인은 병사의 말을 듣고는 전에 자신과 함께 참전을 한 병사라는 것을 알았다.

비록 이름은 모르지만 그래도 얼굴은 기억이 났다.

브레인은 병사의 말에도 그냥 걸어서 다가갔고 병사들은 바짝 긴장을 하고 있었다.

약간 어둠이 있기는 하지만 상대의 얼굴을 구분하지 못할 정도는 아니었기 때문이다.

브레인이 다가오자 병사들은 최대한 정중하게 인사를 하였다.

"대공 전하를 뵈옵니다."

"대공 전하께 인사드립니다."

병사들의 외침에 막사의 안에서 소동이 일어나고 있었다.

이곳은 병영이 설치된 곳이니 아무나 출입을 할 수 있

는 장소가 아니었기 때문이다.

"자네는 전에 나와 함께 전쟁을 간 병사로군."

"옛? 저를 기억하십니까?"

병사는 브레인의 말에 깜짝 놀라는 얼굴을 하며 자신도 모르게 묻고 있었다.

"내가 병사들의 이름을 기억하지는 못하지만 얼굴은 기억하고 있다네."

"여… 영광입니다. 대공 전하."

병사는 자신의 얼굴을 기억하고 있다는 소리에 가슴이 떨리는 기분이 들었다.

전장에 참여를 하기는 했지만 최고의 지휘관인 브레인이 일반 병사들의 얼굴을 기억하고 있을 줄은 생각도 하지 못해서였다.

"이번에도 나와 함께 가는 것을 보니 자네는 제법 실력이 좋은 것 같군."

이번 몬스터 토벌전에는 병사들도 경험자를 우선으로 뽑았다는 소리를 들어서 하는 말이었다.

"아닙니다. 경험이 있으니 이번에 출전을 하게 되었습니다. 대공 전하."

병사는 대답을 하는 것에 힘이 들어가고 있었다.

브레인과 같은 인물과 대화를 한다는 것은 지금 헤이론 왕국의 모든 사람에게는 영광이었기 때문이다.

브레인과 병사가 대화를 하고 있는 사이에 막사의 안에서는 여러 귀족들이 나오고 있었다.

귀족들은 나오면서 브레인이 여기에 오지 않았다고 생각하고 있었는데 눈으로 보이는 존재가 바로 브레인이라는 것을 보고는 놀란 얼굴을 하고 있었다.

이번 출전에 가장 연장자이자 귀족들 중에 수장은 바로 아이론 남작이었다.

국왕의 명령에 전에 있던 지휘관들이 모두 물러나고 새롭게 채워진 지휘관들이었다.

"대공 전하를 뵈옵니다."

"인사드립니다. 아이론 남작이라고 합니다. 대공 전하."

아이론 남작은 정식으로 작위와 영지를 가지고 있는 귀족이었기에 정중하게 예법에 어긋나지 않게 인사를 하였다.

브레인은 그런 귀족들을 보며 환하게 웃으며 인사를 받아 주고 있었다.

"반갑소. 내가 와서 불편하게 만드는 것이 아닌지 모르겠소."

"아닙니다. 어서 안으로 드시지요."

아이론 남작은 브레인을 보며 안으로 모시려고 하였다.

최고 사령관으로 이미 예약이 되어 있는 브레인이었기에, 이들도 어쩔 수 없는 선택이었다.

브레인은 귀족들의 안내로 막사로 들어갔다.

안에는 다른 귀족들도 모여 있는 것이 아마도 내일 있을 출전에 대한 이야기를 나누고 있었던 모양이었다.

브레인은 귀족들의 얼굴을 보며 속으로 이들의 반응을 보고 싶은 기분이 들었다.

"대공 전하를 뵈옵니다."

"어서 오십시오. 대공 전하."

"모두 반갑소. 늦은 시간에 이렇게 온 이유는 내일 있을 출전에 여러분을 보고 싶어서 오게 되었소."

브레인의 말에 귀족들의 반응은 그리 탐탁지 않은 얼굴을 하고 있었다.

여기 모여 있는 귀족들은 이미 죽음을 담보로 이 자리에 있는 것이라 브레인에 대한 감정이 좋지가 않아서였다.

국왕과 귀족들은 이번 몬스터 대지를 토벌하는 이유가 모두 브레인 때문이라고 하며 이들에게 브레인에 대한 좋지 않는 말을 하여서였다.

몬스터 대지를 가는 이유가 모두 브레인의 영지를 만들어 주기 위해 왕국에서는 어쩔 수 없이 병력을 동원하게 되었다고 하며, 이들의 가문을 존속시켜 주는 대가로 이번 원정에 참여를 하게 되었기 때문이다.

브레인은 아직 그런 사실에 대해서는 모르고 있기에 이들의 반응이 생각보다는 강하다고만 느끼고 있는 중이었다.

'흠, 예상과는 다르게 이들의 반응이 다르네.'

브레인은 이들이 가문을 위해 이곳에 오게 되었다고만 알고 있었는데 지금 보니 조금은 다른 것 같아서였다.

아이론 남작은 분위기가 그리 좋지 않자 빠르게 브레인을 보며 입을 열었다.

"저는 이번 원정군의 지휘관을 맡고 있는 아이론 남작이라고 합니다, 대공 전하."

"반갑소. 아이론 남작."

"여기 모여 있는 귀족들은 아직 작위를 받지 못한 귀족도 있고 이제 작위를 이어 받는 귀족도 있습니다. 이번 원정에 전에 있던 지휘관들을 모두 교체를 하는 바람에 자의보다는 타의에 오게 된 사람이 많다 보니 조금 분위기가 좋지 않습니다. 이 점은 이해를 해 주시기 바랍니다. 대공 전하."

아이론 남작은 브레인에게 정중하게 사과를 하면서 일에 선후에 대한 이야기를 해 주었다.

"알겠소. 나도 이번 몬스터 토벌이 얼마나 힘들다는 것을 알고 있으니 그대들을 이해하오."

브레인의 말에 한 젊은 귀족이 바로 뛰어나와 브레인을 보고 말을 하였다.

"대공 전하, 진정으로 아레아 영지에 대해 아시고 하시는 말씀이십니까?"

브레인은 자신에게 적의를 보이고 있는 귀족을 보며 조금은 놀랍다는 눈빛을 하였다.

여기에도 자신을 경계하는 귀족이 있을 것이라고는 생각지 못해서였다.

"그대의 이름은 무엇이오?"

"저는 바이샤 폰 그레이스라고 합니다. 대공 전하."

"나에게 아레아 영지에 아냐고 물었소?"

"그렇습니다. 여기에 모여 있는 사람의 생사가 달려 있는 일이니 드리는 말입니다."

브레인은 잠시 동안 아무런 말을 하지 않고 그레이스를

보기만 했다.

나이도 자신과 비슷해 보이는 젊은 남자가 배짱도 두둑하게 자신을 보고 있다는 사실에 브레인은 신선한 느낌을 받고 있었다.

"나도 아레아 영지에 대해 많은 조사를 해 보았소. 아직은 그대들의 사령관이 아니기에 다른 말을 하지는 않겠지만 내일이면 나의 위치가 그대들의 사령관으로 되어 있을 것이니 미리 말을 해 주어도 문제가 없을 것이라 생각하고 말하겠소."

브레인은 귀족들을 보며 이들이 얼마나 지금 초조한 생각을 하고 있는지를 느낄 수 있었다.

실지로 죽음을 앞에 두고 냉정해지는 사람은 그리 많지가 않았다.

이들도 마찬가지의 입장이라고 생각하니 지금 이들이 느끼는 감정을 충분히 이해를 하고 있는 브레인이었다.

"나는 아레아 영지를 토벌하라는 국왕 폐하의 지시에 따라 그대들과 아레아로 떠나지만 최선을 다해 병사들과 그대들의 안전을 책임지기 위해 노력을 할 것이오. 전투를 하다 보면 피해를 입지 않을 수는 없다는 것을 여러분도 알고 계실 것이오. 하지만 나는 최대한 피해를 줄이기 위해 노력을 하려고 하오. 그대들이 나를 믿고 따라 준다면 피해를 더욱 줄일 수 있을 것이라 나는 확신하고 있소."

브레인의 말에 귀족들은 조금 놀랍다는 얼굴이 되었다.

이들은 국왕과 귀족들에게 들은 이야기와 브레인이 하는 말이 다르다는 것을 느끼고 있어서였다.

자신들이 지금 이 자리에 있는 이유가 브레인이 아레아 영지를 탐해서 일어난 일이라고 알고 있었는데, 지금 브레인이 하는 말을 들으니 상황이 조금 다르다는 것을 알게 되었고, 자신들이 국왕과 귀족들에게 이용을 당하고 있다는 사실에 분노를 느끼게 되었다.

"대공 전하, 한 가지만 질문을 하겠습니다. 이번 토벌전은 누가 먼저 이야기한 것입니까?"

브레인은 이들의 하는 말을 들으며 국왕과 귀족들이 무언가 야료를 뿌렸다는 것을 깨달았다.

자신의 밑에 있는 사람들에게는 절대 거짓말을 하지 않는 브레인의 성격상 이들에게 거짓으로 말을 할 수는 없었기에 있는 그대로의 진실을 말해 주었다.

"이번 토벌전을 먼저 이야기하신 분은 국왕 폐하와 귀족들이오. 그런데 무슨 이유로 그런 질문을 하고 있는 것이오?"

브레인은 대강 상황을 짐작하고 있었지만 정말 모르겠다는 표정을 지으며 이들에게 오히려 물었다.

귀족들의 얼굴은 하나같이 붉어지고 있는 것이 아마도 속으로 열불을 식히고 있는 모양이었다.

아이론 남작은 귀족들의 표정을 보고는 자신이 나서서 정리를 해야겠다는 판단이 들었다.

"아닙니다. 저희는 이번 토벌이 대공 전하의 영지를 만들기 위해 하는 것이라고 알고 있었습니다. 그래서 질문을 한 것이기도 하고 말입니다."

"하하하, 나는 영지를 원해서 이런 짓을 하지는 않소. 국왕 폐하께서는 나에게 영지를 주고 싶다고 하시면서 왕국의 숙원인 아레아 영지를 반드시 찾고 싶다고 하시는 바람에 나도 찬성을 하게 된 것이오."

브레인은 아이론 남작의 말에 호탕하게 웃으면서 상황을 설명해 주었고, 브레인의 말에 귀족들은 지금 브레인이 거짓말을 하고 있지 않다는 것을 알 수가 있었다.

브레인 정도나 되는 귀족이 거짓말을 할 이유가 없기 때문이었고, 상황이 브레인의 말과 전혀 다르지 않게 전개가 되고 있으니 이들도 믿지 않을 수가 없는 일이었다.

"저… 정말 대공 전하께서 먼저 청한 것이 아닙니까?"

그레이스는 브레인을 보며 떨리는 목소리로 다시 한 번 확인을 하고 있었다.

"그대의 이름이 그레이스라고 했던가? 나는 나의 이름과 명예를 걸고 거짓을 말하지 않았다고 약속할 수 있네. 그리고 그날 모여 있던 귀족들의 이야기를 들으면 나의 말에 대한 충분한 답변이 될 것이네."

브레인의 말에 이들의 얼굴은 어두운 그늘이 지고 있었다.

사실 국왕과 귀족들이 자신들과 약속을 한 것이 바로 가족들이 귀족으로서 생활을 하는데 부족하지 않게 해 주는 것이었다.

그리고 브레인이 이번 출전을 하게 되면 최대한 방해를 하라는 지시를 받았는데, 지금 브레인과 대화를 해 보니 자신들이 알고 있는 것과는 전혀 다르게 일이 되어 버려 사실 상당한 혼란스러운 기분이었다.

국왕이 직접 내린 명령이 거짓이라는 것에 이들의 마음은 갈피를 잡지 못하고 있었다.

브레인은 이들의 말에 국왕과 귀족들이 어떤 생각을 하고 있는지를 확실히 알게 되었다.

'국왕과 귀족들이 나에게 감히 그런 생각을 가지고 있었다는 말이지 두고 보자. 이대로 있지는 않을 것이다.'

브레인은 국왕과 귀족들을 생각하며 이를 갈게 되었다.

자신이 아무리 다른 나라의 귀족이라고는 하지만 그래도 왕국을 위해 공을 세운 사람인데 그런 자신에게 이런 행동을 할 줄은 생각도 하지 못해서였다.

아레아 영지가 아무리 험하다고 해도 자신은 친구들과 함께라면 충분히 토벌을 할 수 있을 것이라고 생각했고, 그만한 능력은 있다고 생각하여 국왕과 귀족들에게 보여주려고 하였는데 이제는 전혀 그러고 싶은 마음이 생기지 않는 브레인이었다.

"대공 전하, 내일 출전을 하시려면 조금이라도 쉬셔야 하지 않겠습니까."

아이론 남작은 상황이 조금 이상하게 변하자 빠르게 브레인을 보며 말을 하였다.

브레인도 아이론 남작이 왜 갑자기 그런 말을 하였는지를 알고 있었다.

"하하하, 내가 너무 시간을 빼앗은 것 같소. 오늘은 이만 돌아가고 내일 다시 만나도록 합시다."

브레인은 아이론 남작의 말에 호쾌히 응해 주었다.

이들도 나름 대책을 세워야 할 시간이 필요하다고 보았기 때문이다.

"감사합니다. 대공 전하."

아이론 남작은 브레인이 군소리 없이 자신의 의견을 따라 주어 사실 고마운 마음에 하는 소리였다.

브레인은 제이슨 단장과 함께 막사를 나와 저택으로 돌아가고 있었고 막사의 안에는 지금도 아직 많은 귀족들이 모여 있었다.

"남작님, 우리는 국왕 폐하께 버림을 받은 것입니까?"

그레이스는 아직도 믿기지 않는다는 표정을 지으며 아이론 남작을 보며 물었다.

아이론 남작은 이미 브레인의 말이 모두 사실이라는 것을 알고 있었다.

자신도 귀족이지만 그날 연회에 참석을 한 귀족들이 많았기 때문에 분명히 브레인이 하는 소리와 다르지 않게 들었기 때문이었다.

"그레이스 자네는 왕국의 입장을 생각해 보게. 브레인 대공은 전쟁에서 승리를 한 영웅이고 국왕 폐하께서는 아직 힘이 없는 분이시니, 브레인 대공의 세력이 커지는 것을 눈뜨고 보아야 하지 않겠나. 그래서 브레인 대공의 전력을 약화시키기 위해 우리에게 거짓을 말한 것 같네."

아이론 남작은 자신의 생각을 조금 더 해서 귀족들에게 이야기를 해 주었다.

"그러면 남작님도 아시고 계셨던 것입니까?"

"나도 그 사실을 안 지 며칠 되지 않았다네. 하지만 알았다고 해서 말을 해 줄 수는 없는 일이었네. 이미 우리는 참전을 약속하였기 때문이네."

아이론 남작의 말대로 이미 약속을 한 상황에서 사실을 안다고 해서 달라질 것은 아무것도 없었다.

"그… 그래도 알고 있는 것과 모르고 있는 것은 다르지 않습니까?"

"자네의 마음을 알겠지만 나도 충분히 생각하고 말을 하지 않은 것이네."

아이론 남작의 말에 그레이스와 귀족들은 아이론 남작이 그동안 얼마나 고통이 심했는지를 알게 되었다.

왕국의 국왕이 거짓말을 하였다는 사실을 입으로 이야기한다는 것이 얼마나 힘이 드는 일인지를 생각하니 충분히 이해가 가는 말이었다.

"죄송합니다. 제가 생각이 짧았습니다. 아이론 남작님."

그레이스의 사과에 아이론 남작도 바로 대답을 해 주었다.

"아닐세. 알고도 말을 하지 않는 나도 잘못이 있었네."

아이론 남작과 귀족들은 국왕에 대한 배신감에 이를 악물고 있었다.

귀족으로 충성을 해야 하는 대상자에게 배신을 당했으니 몸이 떨리는 기분이 들어서였다.

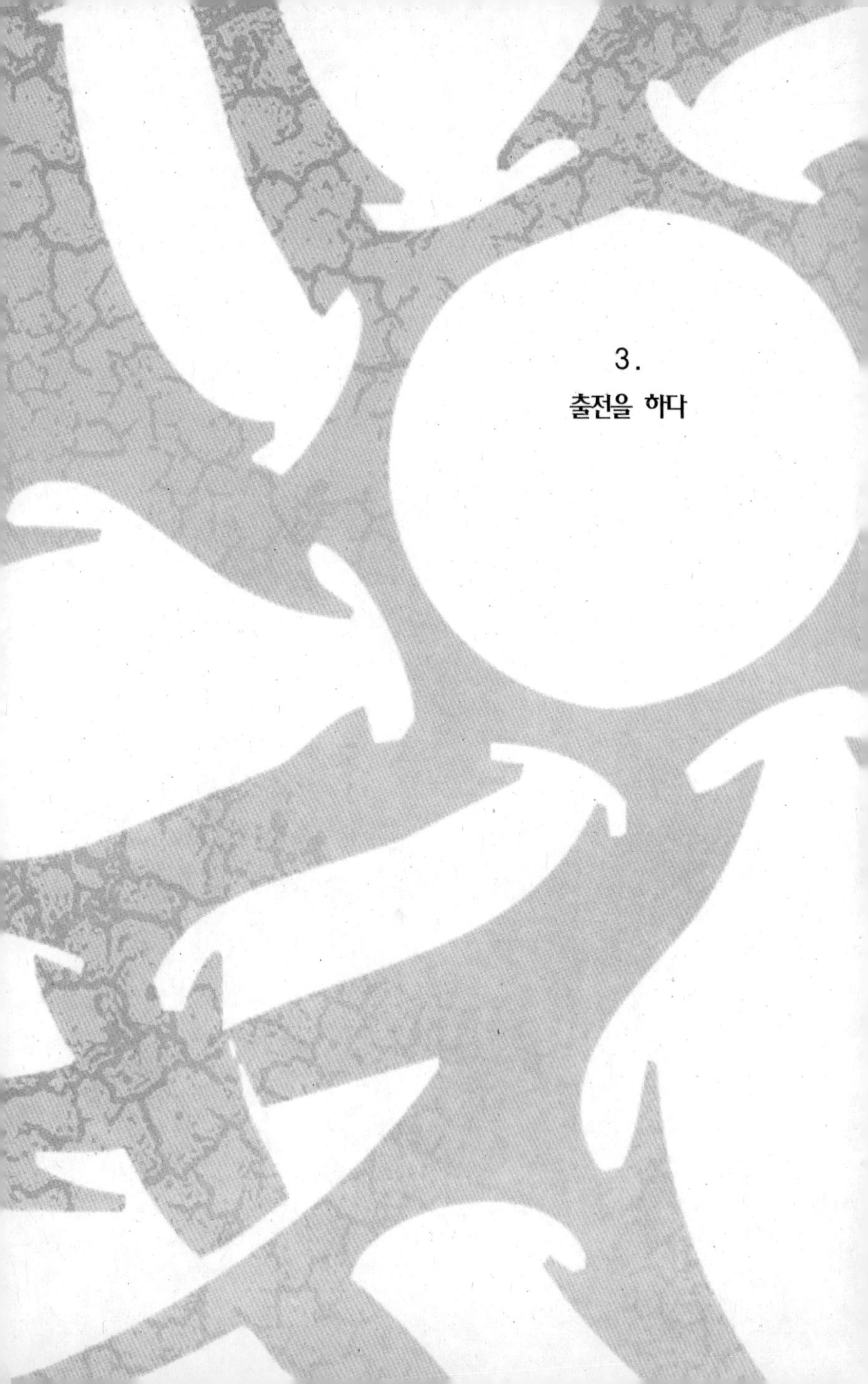

3.
출전을 하다

브레인과 몬스터 토벌군은 수도의 정문 앞에 모여 국왕을 기다리고 있었다.

몬스터를 토벌하는 것도 출전을 하는 것이라 국왕은 많은 사람들에게 이들이 가는 길을 알게 해 주려고 하였다.

물론 속으로는 다른 생각을 하고 있었지만 말이다.

"저기 국왕 폐하의 마차가 보입니다. 대공 전하."

"기사들에게 준비를 하라고 하게."

"예, 대공 전하."

브레인은 이미 기사들에게 병사들과 함께 출전 신고를 할 때에 행할 행동에 대한 주의를 주었다.

브레인의 지시에 기사들은 빠르게 병사들을 단속하였고 병사들도 기사들의 말에 빠르게 행동을 하기 시작했다.

마차의 주변에는 근위 기사들이 보호를 하며 다가왔다.

국왕은 마차에서 내려 단상에 올라갔다.

"헤이론 왕국군이여! 그대들은 오늘 이 자리에 있다는 사실을 영광으로 생각하기를 바란다. 오늘은 우리 헤이론 왕국의 역사적인 날이 될 것이기 때문이다. 지난 삼십 년 동안 토벌을 하지 못하였던 아레아 영지를 다시 찾기 위해 우리는 위대한 출전을 하게 되었다. 지난 세월 우리 왕국은 아레아 영지를 잃고 슬픔에 빠져 있었고, 그 후로 왕국의 힘은 나날이 약해져 바이탈 왕국의 침공을 당하는 일을 만들었다. 이제 두 번 다시는 그런 일이 생기지 않게 아레아 영지를 찾아 강한 힘을 기르려고 하는 일에 그대들이 참여를 하는 것이니 나는 영원히 그대들을 기억하고 있을 것이다. 부디 왕국의 오랜 숙원을 풀어 헤이론 왕국이 강한 나라가 되도록 해 주기를 바란다."

국왕의 연설이 끝나자 제일 먼저 근위 기사들이 함성을 질렀다.

"국왕 폐하 만세!"

"헤이론 왕국 만세."

근위 기사들이 함성을 지르니 병사들도 덩달아 함성을 지르기 시작했다.

"국왕 폐하 만세."

"헤이론 왕국이여 영원하라!"

"토벌군의 승리를 위하여."

병사들과 기사들은 엄청난 함성을 지르며 사기를 북돋았다.

병사들의 함성이 어느 정도 줄어들자 국왕의 옆에 있는 바이칼 후작이 브레인의 이름을 호명하였다.

"브레인 대공은 나오시오."

브레인은 자신의 이름을 부르자 당당하게 걸음을 옮겼다.

단상의 위에 오르니 시종장은 먼저 브레인을 보며 말을 하였다.

"무릎을 꿇으시오."

브레인은 시종장의 말대로 국왕의 앞에 무릎을 꿇었다.

국왕은 그런 브레인을 보며 시종장이 주는 검을 들고 브레인의 어깨에 올렸다.

"그대를 이번 원정군의 총사령관에 임명하는 바이오. 부디 왕국의 오랜 숙원을 풀어 주기를 간절히 바라는 바이오."

"최선을 다해 아레아를 찾아오겠습니다, 폐하."

"고맙소. 브레인 대공만 믿고 있겠소."

"믿으십시오. 아레아는 이제 토벌군의 것입니다. 폐하."

브레인은 우리 헤이론 왕국의 것이라는 말을 하지 않았다.

이미 영지를 찾을 경우에 자신의 영지로 한다는 확답을 받아 두었기 때문에 그리 걱정이 없는 브레인이었다.

"대공을 믿고 많은 병력을 모은 것이니 이들을 최대한 살려서 돌아와 주기를 바라겠소. 브레인 대공."

"반드시 그렇게 하겠습니다. 폐하."

브레인은 국왕의 말에 당당하게 대답을 하고는 토벌군이 있는 곳으로 돌아섰다.

"모두 출발을 하라."

브레인의 명령에 수많은 병사들과 기사들이 빠르게 진군을 시작하게 되었다.

군량도 충분하였고 병력도 부족하지 않은 상황이니 헤이론 왕국의 입장에서는 모든 국력을 모아 몬스터를 토벌하는 것처럼 보였다.

브레인과 병사들이 토벌을 위해 움직이자 국왕과 귀족들은 떠나는 브레인의 모습을 보고 있었다.

"브레인 대공의 토벌군이 성공을 하게 되면 이는 우리 헤이론 왕국의 크나큰 경사가 될 것이오."

"그렇습니다. 이는 후에도 없을 엄청난 전공을 세우게 되는 일이옵니다."

"그러니 반드시 성공을 해야 하는데 말이오."

국왕은 이미 브레인이 실패를 할 것을 예상하고 있었다.

아무리 마스터가 많아도 몬스터의 수를 당하지는 못할 것이라고 생각하고 있었다.

그런데도 이런 말을 하는 이유는 아직 자신의 계획을 모르고 있는 귀족들이 있기 때문에 하는 말이었다.

철저하게 비밀리에 진행이 된 이번 계획이라 알고 있는 귀족들도 자신을 따르는 고위 귀족들뿐이었다.

브레인은 이미 그런 국왕의 계획을 모두 파악하고 있다는 사실도 모르고 있었지만 말이다.

몬스터 토벌군은 이동을 하면서도 강한 훈련을 받고 있었다.

이는 스스로 살길을 열어 주기 위해서였기에 불만을 가지는 사람은 없었다.

"어이, 거기 똑바로 하지 못하겠나?"

"시정하겠습니다."

"제대로 해야 나중에 몬스터와 전투를 해도 살 수가 있다는 것을 명심하고 최선을 다해야 할 거야."

"예, 알겠습니다. 교관님."

병사들은 교관이라고 불리는 사람들을 가장 두려워하고 있었다.

병사들을 훈련시키는 교관은 병사들의 체력과 기초 검술 및 창술을 담당하고 있었는데, 이들이 훈련을 하는 동안은 누구도 방해를 하지 못하였기 때문이다.

브레인은 훈련을 하는 동안은 누구도 방해를 하지 못하게 하라는 지시를 내렸기 때문에 감히 그런 사령관의 명령을 어길 사람은 아무도 없었기에, 교관들은 병사들을 하루 종일 굴리고 있었다.

교관들은 때로는 구타와 폭력을 앞세워 병사들의 훈련을 강하게 하고 있었는데, 지난 일주일 전과는 비교도 할 수 없을 만큼 병사들의 체력이 강해져 있었다.

"우리 전과는 달리 이제는 체력이 강해져서 그런지 훈

련이 그리 고되지 않는 것 같지 않아?"

"네에, 저도 처음보다는 지금이 조금 편하게 느껴지고 있어요. 그리고 가장 좋은 것이 예전과는 달리 힘도 좋아져서 이제는 마음에 두려움이 사라지고 있는 것 같아요."

병사들은 조금씩 자신들이 강해지는 것에 스스로 마음도 강해지고 있는 중이었다.

몸이 강해지니 마음도 따라 강해지고 있다는 사실을 알게 되자 이제 병사들 스스로 훈련에 최선을 다하고 있었다.

브레인은 교관들의 보고를 받으며 병사들이 예전과는 많이 달라지고 있다는 말에 조금 기분이 좋아졌지만 그래도 아직은 안심을 할 단계는 아니라고 생각하고 있었다.

"병사들이 비록 전쟁에 대한 경험이 있다고는 하지만 몬스터와의 전투는 목숨과 바로 연관이 되는 것이니, 지금 강하게 훈련을 하지 못하면 나중에는 자신의 목숨과 연결이 되는 것이라고 강조를 하며 더욱 강하게 훈련을 시키도록 하게."

브레인은 지금의 훈련으로는 병사들만으로 몬스터를 상대할 수 없다는 것에 중점적으로 병사들이 조를 짜서 몬스터를 상대할 수 있도록 하기 위해서였다.

에레나가 있기는 하지만 처음부터 에레나를 내세울 수는 없는 일이었기 때문이다.

병사들의 눈도 있으니 처음에는 자신들의 힘으로 하는 것처럼 보여 주다가 기회를 보아 에레나를 이용하여 적절하게 자신들이 승리를 하는 것처럼 보여 주려고 하는 계획이었다.

“그러면 병사들을 이제부터 조를 편성하여 훈련을 시키도록 하겠습니다.”

“병사들에게 십 인이 일개 조가 되도록 하고 그 안에 반드시 조장을 선출하여 책임을 지게 하게. 그리고 열 개의 조를 모아 백인장으로 삼고 다시 천 명의 병사를 모아 천인장으로 삼는 방식으로 각 대장을 뽑아서 전투에 효율적으로 대처를 하도록 계획을 짜 봐.”

브레인이 하는 말은 이미 예전에 이야기를 해 주었던 것이라 기사들도 충분히 알아듣고 있었다.

“알겠습니다. 도착하기 전에 병사들을 최대한 강하게 만들어 놓겠습니다.”

“저도 조를 편성하는 것에 빠르게 적응을 하도록 하겠습니다.”

가신들의 대답에 브레인은 흡족한 미소를 지었다.

병력의 지휘관으로 함께 온 귀족들은 지금 따로 수련을 받고 있는 중이었다.

이들은 국왕에게 자신들이 버림을 받았다는 사실을 알고는 더 이상 브레인에 대한 시선이 적의를 가지지 않고 최대한 협조를 하려고 하고 있었다.

무적의 기사단과 함께 수련을 하고 있는 귀족들의 입에서는 단내가 나도록 수련을 하고 있었다.

"헉, 헉, 정말 이렇게 수련을 해야 하는 거야?"

"헉, 말 시키지 마라. 헉, 헉, 죽을 것 같다."

귀족들은 지금 숨이 목에 차서 말을 하기도 힘이 들었다.

하지만 이들은 기사들이 수련하는 것을 보고 있기에 감히 따지지도 못하고 있었다.

기사들은 자신들과는 차원이 다른 수련을 받고 있어서였다.

자신들은 기사들이 하는 수련의 절반 정도밖에는 하지 않는데도 죽을 맛인데 저들은 그런 자신들과 비교도 되지 않는 수련을 받고 있으면서도 모두가 더 열심히 수련을 하려고 하고 있으니 불만을 표시할 수가 없었다.

"헉, 그런데 저 기사들은 도대체 어떻게 저런 수련을

매일 하는 거야?"

"나도 모르지만 무적 기사단의 정식 기사가 되기 위해서는 해야 하는 수련이라고 하드라."

무적 기사단에 대해서는 귀족들도 귀가 아프게 들었기 때문에 얼마나 강한지를 알고 있었다.

그런데 그들이 강해지기 위해서는 저런 고통이 있다는 사실은 몰랐기에 이번에 확실히 무적 기사단이 어떻게 강해지는지를 눈으로 확인하게 되었다.

저런 수련을 하면서 강해지지 않는다는 것은 말이 되지 않을 것이라고 생각이 들 정도로 기사들은 혹독하게 수련을 받고 있었다.

"무적 기사단의 정식 기사는 얼마나 강해야 하는 거야?"

"나도 자세히는 모르지만 견습 기사 생활을 하면서 중급의 경지에 도달해야 정식 기사가 된다고 들었는데."

익스퍼트 중급의 실력이 되어야 정식 기사가 될 수 있다는 말에 귀족들은 할 말을 잃은 얼굴이 되었다.

중급의 실력이라면 헤이론 왕국에서는 어디를 가도 대접을 받을 수 있은 실력이었기 때문이다.

그런 실력자가 겨우 무적 기사단의 정식 기사가 되기

위해 입문 단계라는 것은 이들에게 상당한 충격을 주고 있었다.

스스로도 이들은 자만심에 빠져 있었다는 것을 이번에 확실히 깨닫게 되었다.

브레인은 귀족들이 견습 기사들을 보고 조금 깨닫는 것이 있었으면 하는 마음이었는데 생각보다는 많은 것을 느끼고 있는 것 같아 아주 기분이 좋아졌다.

"아이론 남작이 보기에는 저들이 발전이 있을 것 같소?"

"저들은 아직 완성이 되지 않은 인재들입니다. 시간을 두고 조련을 하셔야 할 것입니다. 대공 전하."

아이론 남작은 이미 저들의 성격에 대해 어느 정도 알고 있기에 하는 말이었다.

귀족으로 생활을 하면서 자란 이들이라 아직도 저들은 자신들의 처지를 깨닫지 못하고 있는 이들이 많았기 때문이다.

"아이론 남작도 알고 있겠지만 아레아 영지는 상당히 험한 곳이라고 알고 있소. 그런 곳을 정착하려고 하면 아마도 지금보다는 더 강하고 모질지 못하면 남아 있을 수가 없을 것이니 말이오."

브레인이 아레아 영지에 대해 말을 할 때에는 이상하게 아주 편안하다는 느낌을 받는 아이론 남작이었다.

그리고 브레인은 아레아 영지를 너무 쉽게 보고 있다는 느낌을 드는 기분이었다.

"저기 대공 전하, 아레아 영지를 너무 쉽게 생각하시는 것이 아니신지요? 아레아 영지는 아직 대륙에서 누구도 살아 나오지 못한 절대 금지에 속하는 장소입니다. 대공 전하의 생각과는 많이 다르다는 것을 알아주셨으면 합니다."

아이론 남작의 입장에서는 십만에 해당하는 병력과 기사들은 헤이론 왕국의 입장에서는 엄청난 전력이었기에 이들을 죽이고 싶은 마음은 없어서 하는 말이었다.

브레인도 아이론 남작의 말에 무슨 뜻인지를 알고는 입가에 자신도 모르게 미소가 스쳐 지나갔다.

'후후후, 그대는 모르지만 나는 이미 몬스터를 처리할 방법을 찾았다오. 그러니 내가 이렇게 한가하게 있는 것인지 그렇지 않았다면 아마도 지금 나도 저들과 같이 수련을 하고 있었을 것이오.'

브레인은 에레나를 생각하며 저절로 미소가 생겼지만 한편으로는 조금 찜찜함도 느끼고 있었다.

에레나는 아직도 브레인이 상대하기에는 너무도 강한 존재였기 때문이다.

말로는 마스터라고 하지만 말도 듣지 않는 그런 수하를 누가 좋아하겠는가 말이다.

브레인도 그리 좋은 기분은 아니었지만 이번에 에레나의 도움을 받아 병사들을 살릴 수만 있다면 어차피 자신이 감당해야 하는 일이라고 생각하고 넘어가기로 했다.

나중은 나중에 생각하기로 하고 지금은 당장에 에레나의 도움이 필요하기 때문에 브레인도 어쩔 수 없는 선택이었다.

"아이론 남작, 나도 아레아 영지에 대해서는 알고 있소. 하지만 우리가 두려움을 가지고 있다고 해서 무엇이 달라지겠소? 나는 아니라고 생각하오. 어차피 가야 하는 길이라면 최선을 다하는 것이 가장 좋은 방법이라고 생각하고 있소. 그리고 우리는 가면서 최선을 다해 훈련을 하고 있지 않소. 내가 할 수 있는 모든 방법을 동원하여 할 수 있는 것까지만 하면 된다고 생각하오."

브레인의 말에 아이론 남작은 자신이 무언가 잘못 생각하고 있다는 느낌을 받았다.

부정적인 사고방식과 긍정적인 사고방식의 차이라는 것

을 말로만 들었지, 자신이 직접 체험을 해 보기는 이번이 처음이었기 때문이다.

바로 자신과 브레인이 하는 생각의 차이라는 것을 깨달은 아이론 남작의 시야는 확 트인 벌판을 보는 느낌이었다.

순간의 작은 깨달음이 아이론 남작의 정신세계를 확장시키고 있는 중이었다.

브레인은 검사만 깨달음이 있는 줄 알았는데 학자도 깨달음이 있다는 것을 눈으로 보고 있는 중이었다.

깨달음은 누구나 가질 수 있는 영역이라는 것을 이번에 알게 된 브레인은 자신도 더욱 부지런히 수련을 해야겠다는 생각이 들었다.

'역시 깨달음이라는 것은 생각지 못한 상황에서 얻어지는 것이 더 많은 것 같구나. 그리고 아이론 남작은 이제 나의 완전한 수족이 될 수 있겠다는 생각이 드는구나. 기대가 되는군.'

브레인은 아이론 남작이 무엇을 얻을지는 모르지만, 이번 깨달음으로 더욱 많은 것을 느끼기를 바라며 아이론 남작의 주변을 지켜 주고 있었다.

한참의 시간이 지나자 아이론 남작은 서서히 깨어났고

눈을 뜨자 가장 먼저 보이는 사람은 바로 브레인이 자신을 지켜 주고 있는 모습이었다.

아이론 남작은 브레인이 자신을 보호하고 있는 것에 황급히 인사를 하였다.

"헛! 대공 전하, 지금까지 저를 지켜 주시어 정말 감사합니다."

"하하하, 아니오. 그런데 무언가 얻은 것이 있으시오?"

"그동안 고민만 하던 문제가 이번에 작은 깨달음으로 해결이 되고 있습니다. 모두 대공 전하의 은혜입니다. 감사합니다."

아이론 남작은 무엇을 얻은 것인지는 본인만 아는 일이었기에 브레인도 더 이상 질문을 하지는 않았다.

"나의 은혜라고 하지 말고 스스로 얻은 것이니 앞으로도 더욱 발전을 시켜 좋은 결과가 있었으면 좋겠소."

브레인의 말에 아이론 남작의 눈빛은 더욱 선명하게 빛이 났다.

아이론 남작은 브레인과 함께 있으면서 단 한 번도 자신을 대하는 모습에 가식이 없다는 것을 알고 있었다.

브레인은 진심으로 수하들을 사랑하고 아끼는 그런 주군의 모습을 보여 주었기 때문이다.

그리고 병사들도 진심으로 아껴 주는 것에 사실 조금 놀라기도 했지만, 이제는 조금 적응이 되어 가고 있는 중이었다.

귀족이 병사들을 신경 쓴다는 것은 거의 생각지도 못한 일이기 때문이었다.

'이번 아레아 영지의 일을 처리하는 것을 보고 나의 생각을 결정하게 될 것입니다. 부디 저를 실망시키지 않았으면 합니다. 브레인 대공 전하.'

아이론이 무엇을 결정 하려지는 모르지만 브레인이 이번 아레아 영지에서 활약하는 것을 보고 마음의 결정을 하려는 모양이었다.

하지만 아이론 남작이 생각하는 것과는 아마도 많은 부분이 다르게 진행이 될 것이라는 것은 생각지 못하고 있으니 조금 골치 아픈 문제이기는 했다.

브레인은 아이론 남작과 함께 무적 기사단이 수련하는 곳으로 이동을 하고 있었다.

무적 기사단은 이동을 하는 것을 빼고는 하루도 빠지지 않고 마나 호흡법을 익히고 있었다.

자신의 실력을 높이기 위해서는 가장 필요한 것이 마나였기에 이들은 마나 호흡법에 목숨을 걸고 있었다.

"어서 오십시오. 대공 전하."

"알렉스 백작, 기사들의 수련은 어찌 되는가?"

"무적 기사단은 그리 어려운 일이 없습니다. 그런데 병사들의 훈련은 조금 문제가 있습니다."

알렉스는 기사와 병사의 훈련을 모두 책임지고 있는 자리에 있어 보고를 하였다.

"흠, 병사들에게 문제가 있다는 소리는 무엇 때문에 그러는 것이지?"

"아직 병사들의 체계가 자리를 잡지 못해 그렇습니다."

알렉스의 말에 브레인은 금방 무슨 뜻인지를 알아들었다.

병사들의 체계를 이번에 새롭게 편성을 하였기 때문에 아직 적응을 하지 못해 일어나는 일이라는 것을 알았기 때문이다.

"아직도 병사들이 새로운 조직에 적응을 하지 못하고 있는 것인가?"

"예, 십부장과 백부장이라는 단계를 아직은 적응하지 못하고 있는 것 같습니다."

"기사들에게 병사들의 훈련을 하면서 그 책임을 각 부장들에게 지라고 하게. 그러면 조금은 책임자를 생각하는 마음이 달라질 것이니 말이야."

브레인의 말에 알렉스는 금방 무슨 말인지를 알아들었다.

병사들이 스스로 뽑은 십부장이었고, 백부장이었기에 이들이 벌을 받게 되면 병사들 스스로 미안한 마음이 들게 하려는 것을 말이다.

만약에 브레인의 말대로 되면 이는 대륙에 새로운 바람을 불어넣는 일이 될 것이었다.

아이론 남작은 브레인과 알렉스의 대화를 들으면서 조금 이해가 가지 않는 부분이 있었다.

"대공 전하, 병사들의 체계를 새롭게 만드신 것입니까?"

"그렇소. 이번에 병사들의 체계를 지난 전쟁을 하면서 얻은 것이 있어 다르게 하고 있소."

그러면서 아이론 남작에게 병사들의 새로운 체계에 대해 설명을 해 주었다.

열 명의 병사를 모아 한 개의 조를 만들었고, 그중에 한 명을 조장에 임명하여 그 조장이 나머지 조원을 관리하게 하는 방식이었다.

조장을 십부장이라고 하였고, 같은 방식으로 백 명의

병사를 관리하는 조장을 백부장이라고 불렀다.

그렇게 하니 천부장도 생기고, 만부장도 생기게 되었지만 천부장부터는 기사가 자리를 차고 있도록 하고 있는 방법이었다.

기사 한 명이 천 명의 병사를 효율적으로 관리하는 방식이니 대륙에 이런 방법으로 병사들을 훈련시키는 나라는 아무 곳도 없었기에 조금은 획기적인 방법이기는 했다.

아이론 남작은 브레인의 설명을 들으면서 속으로 정말 대단한 사람이라는 생각을 하고 있었다.

'정말 무엇이라고 할 말이 없게 만드는 분이시구나. 이런 방법으로 병사들을 관리하게 되면 대단히 효율적이고 전투에 임하는 방법도 병사들에게는 더욱 도움이 되겠구나.'

지금까지는 병사들이 조를 편성하여 합공을 하는 것이 아니라 방패병은 방어를, 창병은 공격을 하는 방식이었는데 브레인의 방식은 조금 달랐지만 정말 효율적이라는 것을 느낄 수가 있었다.

아이론 남작의 눈빛은 점점 더 빛이 나고 있었다.

마치 사랑하는 사람을 보는 그런 눈빛을 하고 있으니 브레인도 부담이 가는 눈빛이었다.

'거참, 아무리 멋있어 보여도 그렇지, 저런 눈빛은 조금 부담이 가는데 말이지.'

브레인은 속으로 아이론 남작의 눈빛에 대한 거부감이 들었지만 내색은 하지 않고 있었다.

"대공 전하, 제가 보기에도 이번 체계는 병사들에게 엄청난 도움이 되는 것 같습니다. 전투를 할 때도 병사들이 조를 편성하여 전투를 하면 그만큼 병사들의 피해를 줄일 수 있을 것 같습니다."

"나도 지난 전쟁을 하면서 병사들을 전투 방식을 보며 병사들의 피해를 줄일 수 있는 방법을 찾다가 생각해 낸 방법이라오. 아직 적응을 하지 못해 그렇지 아마도 적응이 되기만 하면 병사들의 힘만으로도 몬스터를 처리할 수 있을 것이라고 생각하고 있소."

브레인도 병사들의 체계에 상당한 관심을 가지고 있었다.

브레인이 알려 준 방법은 모두 고대 병법서에 나와 있는 방법이었다.

하지만 고대의 방법이라고 하게 되면 또 다른 질문이 이어질 것이라 생각하고는 자신이 만들었다고 하여 질문을 원초적으로 차단하고 있었던 것이다.

알렉스는 아이론 남작이 브레인에게 하는 질문을 모두 들으며 자신이 병사들에게 지시를 새롭게 내려야겠다는 생각을 하고 있었다.

자신도 아직 병사들의 새로운 체계를 이해하지 못하고 있었다는 생각이 들어서였다.

브레인은 알렉스의 눈빛이 달라지는 것을 보고는 이제 병사들의 훈련은 그리 걱정을 하지 않아도 되겠다는 생각이 들었다.

아이론 남작이 질문에 대답을 해 준 이유는 바로 알렉스를 이해시키기 위해서였다.

알렉스는 타고난 전사의 체질이라 전투에 대해서는 누구보다도 빠르게 적응을 하는 그런 스타일이었다.

그러니 이제 병사들의 훈련에 대해서는 알렉스가 알아서 처리를 할 것이라는 생각이 들었다.

원정군은 그렇게 매일 훈련을 하며 이동을 하고 있었다.

병사들은 연일 하는 훈련에 이제는 서서히 적응을 하기 시작하자 놀라운 결과가 나타나고 있었다.

그동안 병사들이 적응을 하기 전에는 몰랐는데 이제 서서히 적응을 하면서 각 조별로 훈련을 하면서 이들이 단합을 하니 엄청난 전력의 상승을 보여 주었기 때문이다.

"오늘은 우리 백인대가 승리를 해야 한다."

"맞아, 어제도 져서 한잔도 마시지 못했는데 오늘은 무조건 이겨야 한다."

한 백인대에서는 오늘 있을 시합에 대한 이야기를 하고 있었다.

이들이 하는 시합은 다른 것이 아니라 방패를 들고 상대를 원안에서 밀어내는 시합이었다.

타격을 하는 것은 서로 간의 감정이 상할 것을 염려하여 만든 시합이었는데, 이는 병사들의 단합에도 도움이 되는 시합이었다.

커다란 원 안에 두 팀이 들어가 상대의 팀을 밀어내면 승리를 하는 것이지만 호흡이 일치하지 않으면 절대 승리를 하지 못하는 백인대의 단합에 따라 승패가 결정되는 시합이었다.

브레인은 새로운 체계를 만들어 놓고 병사들끼리 시합을 할 수 있게 이런 시합을 만들어 서로 경쟁을 하게 만들었는데, 이제는 병사들이 오히려 시합을 즐기고 있을 정도로 시합은 활발하게 진행이 되었다.

"이겨라, 이겨라."

“제3천인대 소속인 2백인대와 제2천인대 소속의 5백인대가 가장 단합이 잘되고 있습니다. 대공 전하.”

“저 시합은 단순히 단합을 하기 위해 하는 것이 아니라, 백인대의 마음을 단결시키기 위해 하는 것이니 이 점을 유의하여 주시오.”

“예, 알겠습니다. 대공 전하.”

브레인이 병사들에게까지 마나 호흡법을 전수하지는 않았지만 지금 이들이 하고 있는 시합에서 저절로 마나 호흡법을 익히고 있는 중이었다.

전체가 하나와 같이 호흡을 하는 것이 승리를 하는 방법이라고 알려 주니 이들은 백인대원들이 모두 하나같이 호흡을 일치시키고 있는 중이었다.

그래서 매일 시합을 하여 우승을 한 백인대에는 술을 하사하고 있었다.

병사들이 낮에 이동을 하면서 하는 훈련은 체력을 향상시키기 위해 몸에 모래주머니를 달고 뛰는 것이었고, 오후에는 이렇게 쉬면서 시합을 하며 서로 호흡을 맞추고 있었다.

물론 하루에 두 시간은 방패를 사용하는 방법과 창술을 기본적으로 시키고 있었다.

아직은 호흡이 중요하다고 생각하는 브레인이었기에 병사들의 창술은 나중으로 미루고 있었다.

병사들의 호흡이 일치가 되면 이는 엄청난 전력의 상승이 되기 때문이었다.

병사들의 사기가 나날이 오르고 있자 귀족들과 지휘관들의 얼굴은 절로 좋아지고 있었다.

시합의 성과는 바로 나타나지는 않았지만 한 달이라는 시간이 지나자 서서히 눈에 보이는 성과가 있었다.

이제 보름만 더 이동을 하면 몬스터 대지의 입구인 프라임 요새에 도착을 하게 되니 병사들의 훈련을 그 안에 마무리를 해야 했는데, 지휘관들은 지금도 병사들의 수준이라면 충분히 강하다고 느껴지고 있을 정도였다.

익스퍼트의 경지는 아니지만 병사들 중에 유저의 단계에 접어든 병사도 나오고 있어서였다.

기사들은 마나 호흡법을 익히고 있으니 당연히 실력이 늘고 있었지만 병사들은 그런 기사와는 달랐다.

마나 호흡법도 익히지 않은 병사들이 마나 유저가 되는 경우는 정말 드문 일이었기 때문이었다.

"우리 병사들이 마나 유저가 되고 있다고 하는데 사실인가?"

"나도 몰랐는데 병사들이 시간이 지나면서 점점 더 강해지고 있는 것은 사실이야. 벌써 마나 유저가 된 병사도 백여 명이 된다고 하니 말이야."

"이런 나는 아직 마나를 느끼지도 못하고 있는데, 어떻게 마나 호흡법을 익히지도 않은 병사들이 마나 유저가 될 수 있는 것인지?"

귀족들은 병사들의 실력이 높아지는 것에 이해를 하지 못하고 있었다.

당연한 일이 병사들은 마나 호흡법을 익히지 않았기 때문에 이들의 상식으로는 이해가 가지 않아서였다.

병사들은 마나 호흡법을 익히지는 않았지만 이번에 배운 시합에서 승리를 하기 위해 전체가 하나가 되는 훈련을 하였고 그러기 위해서는 서로의 호흡이 일치를 하게 만들어야 했다.

서로가 노력을 하여 호흡의 일치를 하게 하려고 하다 보니 개중에 마나에 조금 민감한 인물이 있었고, 그들은 그런 훈련을 하며 스스로 마나를 느끼게 된 것이니 귀족들이 이해를 못하고 있었던 것이다.

"병사들 중에 마나에 민감한 자만 유저가 되고 있다는 것은 우리가 모르는 무언가 있다고 생각이 들지 않는가?"

"브레인 대공 전하께서는 병사들에게 마나 호흡법을 전해 주지 않았다고 하셨고 나도 그 말을 믿네."

귀족들 중에 일부의 귀족은 브레인이 무언가 병사들에게 은밀히 전해 준 것이 있다고 생각하고 있는 사람도 있었다.

세상을 살면 항상 좋은 사람만 있을 수는 없는 일이었다.

좋은 사람이 있는 반면에 나쁜 사람이 있기 마련이었다.

나쁜 사람이 있으니 좋은 사람이 있다는 것을 알게 되는 것처럼 말이다.

"아니야, 우리가 모르는 무언가가 있지 않으면 저런 결과가 나올 수가 없어."

한 귀족은 의심이 가는지 이상한 소리를 하고 있었지만 다른 귀족들은 그런 말에 귀를 기울이지 않고 있었다.

하지만 반대의 생각을 가지고 있는 인물들은 항상 있기 마련이었다.

귀족들이 모두 떠나고 남아 있는 귀족들은 모두가 같은 생각을 하고 있는 이들만 남아 있었다.

"여기 남아 있는 사람들은 아마도 나의 생각과 같은 것 같은데 이대로 있을 수는 없으니 우리가 직접 확인을 하는 것이 어떻소?"

"나는 찬성이오."

"그런데 어떻게 확인을 하겠다는 말이오?"

"병사들 중에 마나를 느낀 병사를 찾아 직접 물어보는 것이 가장 좋은 방법이지 않겠소?"

귀족은 병사를 찾아가서 직접 물어보자고 하였다.

하지만 그런 방법은 좋은 것이 아닌지 다른 귀족들의 얼굴에는 인상을 쓰게 만들었다.

"나는 병사에게 묻는 것에는 반대요. 귀족의 자존심이 있지 어떻게 병사에게 그런 말을 할 수가 있소. 나는 브레인 대공의 수하이신 알렉스 백작이 병사들을 훈련시키는 것을 몰래 보았으면 하오. 아마도 병사들의 훈련에 무언가 있다고 생각이 들어서요."

"좋은 생각이오. 나도 찬성이오."

"나도 찬성이오."

남아 있던 귀족은 모두 다섯의 인원이었다.

이들은 아직도 자신의 능력이 없다는 것을 인정하지 않았고 남을 시기하는 마음을 버리지 못하고 있었다.

알렉스가 병사들을 훈련을 시키는 곳에는 누구도 볼 수

가 있는 장소였다.

병사들이 훈련하는 것은 그리 어렵고 감추어야 하는 것이 없어서였다.

병사들이 익히고 있는 것은 기본적인 방패술과 창술이었고, 알렉스는 그런 병사들에게 간단하고 기본적인 검술도 알려 주고 있었다.

방패를 버리고 나면 검을 들고 싸우라는 말이었다.

알렉스는 병사들의 훈련을 직접 보고 있었지만 지도는 기사들이 하고 있었다.

"똑바로 하지 못하겠는가?"

"제대로 하겠습니다."

"거기 전면의 앞줄은 모두 이쪽으로 따로 이동한다."

기사의 말에 앞줄에 있는 병사들의 얼굴이 휴지 조각처럼 우그러들고 있었다.

따로 이동을 한다는 말은 벌을 받는 것을 의미하기 때문이었다.

"누가 실수를 한 거야?"

한 병사들은 따로 이동을 하면서 누구인지를 알아내려고 하고 있었다.

실수를 하면 개인이 벌을 받는 것이 아니라, 전체가 벌을 받으니 누가 실수를 하는 사람을 좋아하겠는가 말이다.

하지만 실수를 한 병사는 더 죽을 맛이었다.

이들도 그런 실수를 한 번씩은 경험해서인지 다른 병사들은 실수를 한 병사를 지적하지는 않았다.

따로 이동을 한 병사들은 이미 대기를 하고 있는 다른 기사가 직접 교육을 시키고 있었다.

"반갑다. 교육 중에 정신을 차리지 않아 주어 나는 개인적으로 상당히 고마움을 느끼고 있다. 모두 정신이 바짝 들도록 해 주겠다. 기대해도 좋을 것이야."

기사는 징그러운 미소를 지으며 병사들을 바라보았고 이내 병사들에게 명령을 내리기 시작했다.

"모두 줄을 맞추어 서라."

후다닥.

병사들은 기사의 말과 함께 빠르게 움직이기 시작했다.

이미 이곳에서는 실수라는 말이 통하지 않다는 것을 경험하였기 때문이다.

"전체 전방에 보이는 커다란 나무가 보일 것이다. 지금부터 뛰어 라고 하면 저 나무를 향해 달려가서 나무를 집고 돌아오기만 하면 된다. 가장 먼저 들어온 병사는 쉬고 나머지는 계속 반복하게 될 것이다. 모두 뛰어!"

기사의 명령에 병사들은 순식간에 뛰어나가기 시작했다.

가장 먼저 갔다 오면 쉬는 것은 아니었지만 그래도 이렇게 숨이 차 죽을 것 같지는 않아서였다.

우승자는 나무에 매달려 있는 일명 매미라는 벌을 받게 되어 땀은 나지만 그래도 지금처럼 힘들지는 않았다.

물론 장시간 하면 매미도 달리는 것처럼 힘이 드는 것은 사실이었지만 그만큼 체력이 늘어나는 것도 사실이었다.

브레인은 병사들의 체력을 높이기 위해 많은 신경을 쓰고 있었기에 이런 방법을 이용하여 병사들의 체력을 높이고 있었다.

병사들이 훈련하는 모습을 은밀히 지켜보고 있는 눈길이 있었지만 누구도 그런 것에 신경을 쓰는 사람은 없었다.

기사들은 병사들에게 최대한 많은 것을 알려 주고 있었고, 병사들도 자신들이 가는 곳이 어디인지를 알기 때문에 최선을 다해 한 개라도 더 배우려고 하고 있었다.

그런 이들의 훈련을 보고 있던 귀족들은 병사들이 지금 얼마나 많은 노력을 하고 있는지를 알게 되었고, 자신들이 잘못 생각하고 있다는 것을 깨닫게 만드는 계기가 되고 있었다.

"병사들이 마나를 다루는 이유는 바로 저런 것이라니 정말 이해가 가지 않네."

"나도 이해가 가지 않기는 마찬가지요. 어떻게 저렇게 해서 마나를 느끼게 되었는지 정말 모르겠소."

귀족들은 자신들이 잘못 생각하고 있다는 사실을 알게 되자 얼굴에 씁쓸한 미소를 지었다.

귀족들은 더 이상 볼 것이 없다는 것을 알자 바로 돌아갔고, 그런 귀족들이 있는 곳을 의미심장하게 미소를 지으며 보고 있는 얼굴이 있었으니 바로 알렉스였다.

알렉스는 이미 브레인에게 병사들이 마나를 느끼기 시작하면 귀족들이 은밀히 병사들의 훈련을 지켜보게 될 것이라는 말을 하였기에, 알렉스는 귀족들이 오는 것을 알고 있었다.

하지만 귀족들이 보고 있는 병사들의 훈련은 항상 같은 것이기 때문에 다른 부분이 없었다.

그러니 귀족들이 보는 것에 상관이 없었다.

병사들이 마나를 느끼게 되는 것은 훈련이 아닌 바로 시합에 있었기 때문이었다.

시합을 하기 위해 스스로 전체가 하나가 되기 위해 하는 호흡의 일치가 바로 병사들 스스로 마나를 느끼게 만드는 것이었다.

병사들도 그러 사실을 모르고 있지만 말이다.

원정군의 힘은 이렇게 시간이 지나면서 점점 강해지고 있었다.

4.
프라임 요새에 도착하다

브레인과 원정군은 한 달 반이이라는 시간이 걸려 몬스터 대지의 입구라고 불리는 프라임 요새에 도착을 하게 되었다.

오는 동안 많은 훈련을 하며 체력을 길렀지만 막상 요새에 도착을 하니 병사들의 눈빛이 많이 흔들리고 있었다.

이는 귀족들도 마찬가지의 입장이었다.

다만 귀족이라는 신분 때문에 표시를 내지 못하는 것만 다를 뿐이었다.

요새의 입구에는 요새의 사령관으로 있는 알렝 자작이 마중을 나와 있었다.

"어서 오십시오. 브레인 대공 전하."

"대공 전하의 방문을 환영합니다."

기사들은 우렁찬 목소리로 브레인을 환영하고 있었다.

전장의 영웅인 브레인에 대한 기사들의 반응은 대단했다.

마스터의 경지이며 뛰어난 전략을 가진 명장이라는 말이 듣고 있는 브레인이었으니, 기사들의 눈빛에는 하나같이 존경의 빛을 보이고 있었다.

"고맙소. 알렝 자작."

브레인은 알렝 자작의 얼굴을 이번에 처음 보는 것이지만 이상하게 친근감이 가는 기분이었다.

아마도 군부의 귀족이기 때문에 느끼는 감정 같았다.

전장의 사령관이라는 동질감이 그런 느낌을 주고 있는 것인지는 모르지만 브레인은 알렝 자작이 마음에 들었다.

"병사들은 원정군의 병사들이 쉴 곳을 알려 주고 기사들은 귀빈들을 모시도록 하라."

"예, 사령관님."

기사들은 알렝 자작의 명령에 빠르게 움직이기 시작했다.

이곳은 헤이론 왕국의 최전방이라고 알려져 있는 곳이

라 그런지 명령 체계가 아주 잘 이루어지고 있었다.

"대공 전하, 제가 안내를 하겠습니다. 이쪽으로 오시지요."

"하하하, 내가 요새의 사령관의 안내를 직접 받으니 이거 영광이오."

알렝 자작의 안내에 브레인은 아주 흡족한 미소를 지으며 따라갔다.

프라임 요새는 헤이론 왕국이 지난 삼십 년 전에 몬스터의 대란을 당하면서 만든 곳이었다.

당시에 헤이론 왕국군은 엄청난 피해를 입고 후퇴를 하고 있었고, 이대로 있다가는 모두 몰살을 당하게 생겼다고 판단한 국왕이 직접 명령을 내려 아레아 영지를 포기하고 프라임 계곡에 방어선을 펼쳐 몬스터들의 공격을 저지하게 하여 겨우 막을 수가 있었을 정도였다.

그 후로 프라임 계곡에는 강력한 방어를 위한 요새가 건설되었고 헤이론 왕국은 이 요새를 건설하는데 엄청난 재정을 사용하게 되어 한때는 평민들의 원성을 듣기도 했을 정도였다.

브레인은 그렇게 대단한 요새를 구경하며 속으로 대단히 감탄과 걱정을 하고 있었다.

'이렇게 단단한 요새를 만들 정도면 도대체 얼마나 많은 몬스터가 이곳으로 온다는 말인가?'

브레인의 표정을 보고 있던 알렝 자작은 약간의 설명이 필요하다고 생각하였는지 바로 설명을 하기 시작했다.

"대공 전하, 이곳에 상주하는 병사는 모두 오만의 병력이 항시 상주를 하고 있습니다. 몬스터는 한 달에 한 번 침공을 하고 있는데, 그들을 막기 위해서는 어쩔 수 없는 일입니다."

"오만의 병력이 항시 이곳에서 대기를 한다는 말이오?"

"예, 오만도 적다고 하고 있을 정도로 여기는 수시로 전투가 일어나는 곳입니다. 저희도 요새가 없었다면 아마도 버티지 못했을 것입니다."

브레인은 알렝 자작의 말을 들으며 자신이 생각하는 것과는 더 힘든 상황이라는 것을 알았다.

몬스터의 수가 아무리 많아도 에레나가 있으니 걱정이 없다고 생각하였는데 지금 말을 들으니 이거는 상상도 하지 못하는 숫자가 이곳에 서식하고 있다는 말이었기에 걱정이 되기 시작했다.

'에레나, 이제 몬스터 대지에 도착을 하였는데 정말 이들을 조정할 수 있는 거야?'

'마스터, 몬스터는 걱정하지 말고 영지를 찾을 생각이나 해야지 몬스터는 나의 전공이니 걱정하지 않아도 돼.'

에레나는 몬스터에 대한 자신감을 보여 주었지만 솔직히 믿음이 가지 않는 것은 사실이었다.

자신이 도움을 요청하면 언제나 같은 반응을 보이고 있는 에레나였기 때문이다.

'에레나, 진짜 몬스터는 걱정하지 않아도 되는 거지?'

'아, 정말 몬스터는 내 전공이라니까, 그러네.'

에레나의 목소리에 약간 짜증이 나는 것을 느낀 브레인은 바로 꼬리를 내리고 말았다.

지금 에레나를 건드려서 좋을 것이 없었기 때문이었다.

'알았어, 그럼 몬스터는 에레나가 알아서 처리를 해줘. 나는 영지를 찾아 진영을 꾸리도록 할게.'

'진작에 그렇게 말을 하시지.'

에레나는 브레인이 자신에게 알아서 해 달라는 말에 아주 기분이 좋아졌는지 조금은 말하는 것이 밝아졌다.

브레인은 자신의 처지가 불쌍하다는 생각을 하게 만들었지만 말이다.

에레나와 대화를 하고 있다 보면 누가 주인인지 구분이 가지 않았다.

브레인이 에레나의 눈치를 보고 있으니 말이다.

"대공 전하, 이제 식사를 하시러 가시지요."

알렝 자작은 브레인이 요새의 밖을 보며 무언가 생각을 하고 있는 것 같아 기다려 주다가 식사할 시간이 되자 조용히 말을 하였다.

"아, 미안하오. 내가 잠시 다른 생각을 하고 있는 바람에 그렇게 되었소."

"아닙니다. 이제 원정군을 이끌고 저 안으로 가시는 분이니 많은 생각이 드시겠지요. 저는 이해하고 있습니다."

알렝 자작은 이곳에서 사령관으로 재임을 하고 있는 인물이었기에 몬스터 대지에 대해서는 가장 많은 것을 알고 있는 사람이었다.

그러니 브레인이 지금 무슨 생각을 하고 있는지도 대충 짐작을 하고 있었다.

다만 알렝 자작이 생각하고 있는 것과는 다르지만 말이다.

브레인은 알렝 자작과 함께 식사를 하기 위해 이동을 하였다.

식사를 하는 곳에는 이미 많은 사람들이 브레인을 기다리고 있었다.

가장 선두에 있는 사람은 왕국의 백작위를 가진 알렉스와 브레인의 친구들이었다.

"대공 전하, 구경은 잘하셨는지요."

"하하하, 구경보다는 우리가 가야 하는 곳을 보고 생각을 하고 있었지. 자, 일단 안으로 들어가지."

"예, 대공 전하."

브레인이 있어 친구들이 조금은 대접을 받지 못하고 있지만 사실 알렝 자작도 브레인의 수하로 있는 친구들에 대한 존경심이 대단했다.

왕국의 유일한 마스터들이 모두 브레인의 수하라 알렉스나 다른 귀족들에게 인사만 하고 말았지만 이들과 더욱 많은 이야기를 나누고 싶은 심정이었다.

식당의 안에는 이미 많은 음식이 준비가 되어 있었다.

브레인은 알렝 자작과 함께 즐거운 식사를 하였고 요새의 식사가 아주 마음에 들었다.

"여기는 음식을 누가 하는지 모르겠지만 아주 맛나게 만들어서 기분 좋게 먹을 수가 있으니 다들 좋아하겠소."

"예, 저희도 얼마 전에 주방장이 바뀌었지만 전의 주방장보다는 음식을 잘 만들어 아주 맛있게 먹을 수가 있게 되었습니다."

"다행이요. 전장에 있는 병사들이 잘 먹어야 방어를 할 수 있는 것이니 말이오."

브레인은 알렝 자작과 많은 이야기를 나누었고, 알렝 자작과 브레인은 비슷한 생각을 가지고 있다는 사실을 서로가 알게 되었다.

브레인은 병사들의 피해를 줄이기 위해 많은 노력을 하고 있었고 알렝 자작도 마찬가지로 병사들의 피해를 최소한으로 하기 위해 많은 방법을 찾고 있었기 때문이다.

"대공 전하, 언제 떠나실 생각이십니까?"

알렝 자작은 조심스럽게 브레인을 보며 물었다.

요새에 오늘 도착하였는데 그런 말을 한다는 것이 실례라고 생각하였지만 자신도 준비를 해야 하기 때문에 묻지 않을 수가 없었다.

"아, 나는 내일이나 모레쯤에 출발을 하려고 하오."

"내일은 그렇고 모레 출발을 하시도록 하시지요. 요새에도 충분한 식량이 있으니 지내 시기에는 불편함이 없을 것입니다."

알렝 자작이 이런 말을 하는 이유는 바로 요새에서 장비들을 받기로 하였기 때문이다.

이번에 출정을 하는 병사들의 무기로는 창과 방패, 그

리고 브레인이 강력하게 원해서 얻은 검이었다.

처음에는 병사들에게 무슨 검이 필요하냐고 하면서 반대를 하였지만, 브레인이 검을 주지 않으면 가지 않겠다고 하여 국왕도 어쩔 수 없이 검을 주게 되었다.

그런 장비를 들고 이동을 할 수는 없었기에 요새에서 지급을 받기로 하였기에 알렝 자작이 출발하는 시기를 물은 것이다.

이미 장비는 준비가 되어 있지만 장비를 지급하는 것만 해도 시간이 걸리는 일이었기에 최소한 하루의 시간은 필요해서였다.

"하하하, 자작은 내가 가는 것이 서운한 가 봅니다."

"예, 저는 대공 전하와 오래도록 이야기를 나누고 싶어서 그렇습니다. 그러니 요새에 오래 계시다가 가셔도 됩니다."

알렝 자작의 말은 진심으로 하는 말이었다.

브레인과 만남을 가지니 정말 자신과 같은 생각을 하고 있었고 병사들을 생각하는 것이 진심이라는 것을 알게 되어 이대로 보내고 싶지가 않았다.

국왕의 명령만 아니라면 이대로 여기서 함께 지내고 싶은 사람이 바로 브레인이었기 때문이다.

"알겠소. 자작이 그렇게 말을 하니 아니 들어줄 수가 없을 것 같아 모레 출발을 하는 것으로 하겠소."

"알겠습니다. 준비에 차질이 없도록 지시를 하겠습니다. 대공 전하."

브레인은 그렇게 알렝 자작과 인연을 만들고 있었다.

맛있는 식사를 마치고 브레인은 알렝 자작이 특별히 준비를 하였다는 숙소를 안내 받았다.

요새에는 귀족들이 오지 않아 사실 귀족들이 머물 만한 숙소가 부족하였지만 알렝 자작은 자신이 머무는 곳을 귀족들에게 주고 자신은 병사들과 함께 머물기로 하였다.

단지 브레인에게는 조금 특별한 숙소를 마련해 주었지만 말이다.

브레인이 쉬는 숙소는 알렝 자작의 아내와 자식들이 와서 머물 수 있도록 만들어 놓은 곳이었고 아직도 비어 있는 유일한 숙소였다.

브레인은 숙소가 마음에 든다고 하며 알렝 자작에게 고마움을 표시하였다.

"이렇게 좋은 숙소를 주니 정말 고맙소. 알렝 자작."

"아닙니다. 요새가 아직 귀족들이 머물기에는 많은 부분이 부족하기에 최대한 준비를 하였지만 조금 불편하실 것입니다. 죄송합니다."

"아니요. 이렇게 훌륭한 숙소를 주어 나는 정말 고맙게 생각하고 있소."

브레인은 알렝 자작을 보며 정말 고마운 마음이 들어 하는 말이었다.

알렝 자작은 그런 브레인이 진심으로 마음에 들었다.

"대공 전하, 이따 저녁에는 간단하게 술을 한잔 하시는 것이 어떠십니까?"

"좋소. 알렝 자작이 주는 술이라면 내 거절을 하지 않으리다."

브레인이 호쾌히 수락을 하자 알렝 자작의 얼굴이 밝아졌다.

"알겠습니다. 그럼 쉬고 계시면 다시 기사를 보내도록 하겠습니다."

"고맙소. 알렝 자작."

알렝 자작이 나가자 브레인은 숙소에서 잠시 쉬려고 하고 있었다.

브레인도 철인이 아니기에 그동안 이동을 하면서 피로가 쌓이고 있었다.

단지 마나 호흡법을 익히고 있으니 남들보다는 강해 보

이기는 하지만 그래도 피로는 자주 풀어 주어야 몸이 건강해지기 때문에, 브레인은 일단 마나 호흡법을 먼저 하면서 간단하게 피로를 풀기로 하였다.

브레인이 마나 호흡법을 하고 있는 동안 병사들과 기사들은 새로운 숙소에서 오랜만에 편하게 쉬고 있었다.

"여기에 온 이유가 몬스터를 퇴치하기 위해 온 것이지만 나는 오면서 새로 배운 것들 때문에 자신감에 생겨서 이제는 몬스터 정도는 충분히 상대를 할 수 있을 것 같아."

"에이, 자네의 실력으로 무슨 몬스터를 상대해."

"아니야. 자네는 모르겠지만 지금 우리들이 얼마나 강해졌는지는 아마도 몬스터와 전투를 하게 되면 알게 될 거야."

한 병사는 스스로 강해진 사실을 느끼고 있는 것 같았다.

사실 병사들이 느끼지 못하고 있지만 이들은 정말 강해져 있었다.

브레인이 바라는 것이 바로 병사들 스스로 강해지기를 바라고 있었던 일이라 지금은 병사들도 충분히 몬스터를 상대할 수 있을 정도는 되었다.

물론 개인이 상대를 할 수는 없겠지만 이들이 조를 짜면 충분히 상대할 수 있었다.

특히 백인대로 나누면 더욱 강해지니 브레인이 백인대 단위로 전투를 시키려 하고 있을 정도였다.

기사들이 빠지면 병사들은 항상 몬스터의 밥이나 마찬가지였는데, 이제는 병사들도 충분히 몬스터와 전투를 할 수 있으니 기사들도 안심을 하고 전투에 몰입할 수 있게 되었던 것이다.

"우리가 그렇게 강해진 것이 사실이야?"

"다른 것은 모르지만 왕국의 수도에서 출발을 할 때와는 나의 체력이 달라졌다는 것을 알 거야. 그만큼 우리는 체력적으로도 강해져 있으니 몬스터를 상대할 때도 충분히 강한 체력을 바탕으로 전투를 할 수 있을 거야."

"그건 나도 동감이야. 우리 병사들 중에 마나를 느끼는 병사가 늘어나고 있다는 사실을 모두 알고 있을 거야. 브레인 대공 전하께서는 병사들도 모두 강해지기를 바라고 우리를 가르치고 있는 거라고 생각한다."

병사들은 브레인이 백인대를 이용하여 단련을 시키는 이유가 모두 자신들이 강해지기를 원해서 그런 것이라고 생각하고 있었다.

병사들의 생각이 사실이기도 했지만 다른 것도 있었다.

바로 합심을 하여 전투를 하게 만들려는 의도도 있었던 것이다.

이들이 합심을 하게 유도를 하니 스스로 마나를 느끼는 경지에 도달하고 있어, 브레인은 더욱 백인대 별로 훈련을 강화시키고 있었던 것이다.

얼마 전에는 백여 명이 마나를 느꼈지만 지금은 무려 천여 명이 넘어가고 있었기 때문이다.

천여 명의 병사가 마나를 느끼는 것은 실로 대단한 일이었다.

브레인을 따라 원정군에 소속이 된 귀족들은 병사들의 그런 발전에 사실 엄청나게 놀라고 있었다.

"아니, 일개 병사가 마나 유저가 되고 있으니 이게 보통의 일입니까?"

"브레인 대공 전하께서 무슨 생각으로 병사들을 마나 유저로 만들고 계시는 것인지는 모르지만 나는 병사들이 강해지는 것이 좋은 일이라고 생각하오. 그만큼 몬스터를 상대하기에는 도움을 줄 수 있으니 말이오."

"나도 그렇게 생각하고 있습니다. 몬스터를 상대하려고 가는 우리들입니다. 그러니 병사들이 몬스터를 상대할 수 있다면 그만큼 우리가 살 수 있는 길이 많아진다는 것이니 좋은 일이라고 생각합니다."

귀족들 중에 일부를 빼고는 모두가 좋은 일이라고 생각하고 있었다.

이들은 몬스터 대지에 가서 죽고 싶은 생각은 없었기 때문이었다.

"하지만 병사가 마나 유저가 된다는 것은 문제가 있다고 생각하오. 나중에 전투가 끝나고 나서는 어찌할 생각이란 말이오."

"나중은 일단 살고 나서 생각해도 늦지 않으니 그때 가서 생각합시다."

그레이스는 조용히 있다가 지금 당장에 죽을 수도 있는 일을 눈앞에 두고서 나중의 일을 생각하고 있는 귀족을 한심한 눈으로 보고 있었다.

병사들이 마나 유저가 되는 것은 문제가 되겠지만 이는 나중에 목숨이 붙어 있어야 문제도 되는 것이라고 생각하고 있었다.

내가 죽고 나서 문제가 되는 것이 무슨 소용이 있겠는가 말이다.

그러니 지금은 조용히 병사들이 강해지는 것을 오히려

응원을 해도 시원치 않은 상황이었다.

그런 일로 저렇게 난리를 치는 귀족들을 보니 정말 한심한 생각이 드는 그레이스였다.

귀족들이 그러고 있을 때 알렉스는 엔더슨의 통신을 받고 있었다.

"엔더슨, 지금 어디에 있는 거냐?"

[야, 인마 후작 각하라고 불러. 자식이 나보다 계급도 낮으면서 반말이야.]

"어쮸, 엔더슨 너 많이 컸다. 계급도 따지고 말이야."

[자식이 그런데 대공 전하는 어디에 계시냐?]

"지금 잠시 쉬고 계시는데 왜 그래?"

알렉스는 이상하게 브레인의 일에 대해서는 신경을 바짝 곤두세우고 있었다.

이는 알렉스만 그런 것이 아니었고 다른 친구들도 마찬가지였다.

[이번에 제임스 백작님을 찾았다. 그런데 제임스 님이 용병들을 모집하여 가려고 하고 있으니 그런다.]

"용병이라니 무슨 소리야?"

알렉스는 제임스가 용병을 이었다는 것은 알고 있지만 갑자기 무슨 용병을 데리고 온다는 것인지 이해를 하지 못하고 있었다.

[그게 제임스 님의 친구가 바로 용병왕의 부관이란다. 그래서 그 사람에게 도움을 요청하여 지금 엄청난 용병들이 이동을 준비하고 있는 중이다.]

엔더슨의 말을 들은 알렉스는 황당한 기분이 들었다.

지금 있는 병력도 적지 않은 병력인데 갑자기 무슨 용병을 데리고 온다는 말인지를 이해하지 못하고 있었다.

엔더슨은 알렉스의 표정을 보고는 더 이상 다른 말은 하지 않고 바로 브레인을 연결해 달라고 했다.

[어서 대공 전하와 통신을 연결해 줘. 급하다.]

"알았어, 잠시만 기다려 봐."

알렉스는 급히 브레인이 쉬고 있는 방으로 가서는 안의 동정을 살폈다.

조용한 것이 자고 있는 것 같지는 않아서 조용히 노크를 하는 알렉스였다.

똑 똑.

브레인은 마침 마나 호흡법을 마치고 있었는데 문을 두드리자 바로 대답을 해 주었다.

"알렉스, 무슨 일이야?"

"지금 엔더슨으로부터 연락이 와 있습니다. 대공 전하."

"엔더슨이? 무슨 일이라는 말은 없었고?"

"직접 들으셔야 할 것 같습니다. 저는 도대체 이해가 가지 않아서 말입니다."

알렉스의 말에 브레인은 바로 일어서서 나갔다.

통신구가 있는 곳은 바로 알렉스가 있는 방의 옆이었기 때문이다.

이번 원정에 마법사도 데리고 오기는 했지만 마법사는 단지 통신을 하기 위해 데리고 온 것이었다.

통신 때문에 마법사는 항상 브레인의 주변에 거처를 마련하고 있었다.

알렉스는 브레인과 함께 통신구가 있는 곳으로 갔다.

브레인은 수정구의 앞에서 엔더슨을 보며 물었다.

"엔더슨, 무슨 일이야?"

[제임스 백작님을 찾기는 했지만 상황이 조금 곤란하게 되었습니다.]

엔더슨은 알렉스에게 했던 말을 다시 브레인에게 해 주고 있었다.

하지만 아까와는 조금 내용이 달라져 있었다.

제임스는 친구를 만나기는 했지만 그 친구가 바로 용병

왕의 부관으로 있는 바람에 결국 친구를 찾아 제리알 공국까지 오게 되었다.

공국에 있는 용병단의 본부에 도착한 제임스는 바로 친구인 이스마엘은 찾았다.

"무슨 일로 오셨소?"

"여기에 이스마엘이 있다고 하던데 연락을 하게, 제임스란 친구가 찾아왔다고 말이야."

제임스의 말에 용병은 조금 놀란 얼굴을 하였지만 바로 정색을 하고는 대답을 해 주었다.

"조금 기다리시오. 안에 연락을 해 보겠소."

"알겠네."

용병의 말에 제임스는 기다리게 되었지만 사실 조금 기분이 나쁘기는 했다.

본부의 안에 모시는 것도 아니고 정문 앞에 기다리라고 하니 기분이 상하는 일이었다.

한참의 시간이 지나자 안에서 친구인 이스마엘이 나오는 것이 보였다.

"이스마엘, 나야 제임스."

제임스는 친구인 이스마엘을 보자 반가운 인사를 하고 있었다.

"아니, 이 친구야 이게 얼마 만인가? 그동안 왜 연락도 하지 않은 거야?"

이스마엘도 제임스를 보자 반가운 얼굴을 하고 반겨 주었다.

"내가 좀 일이 있어 연락을 하지 못했네. 그런데 여기는 손님이 오면 서서 기다려야 하는 건가?"

제임스는 조금 열이 받은 얼굴을 하며 이스마엘을 보며 물었다.

이스마엘은 그런 제임스를 보며 입가에 미소를 지으며 대답을 해 주었다.

"하하하, 미안하네, 여기는 신분을 확인되지 않으면 안으로 들어가지 못하게 되어 그러네. 이해해 주게."

용병 본부의 법이 그렇다고 하니 제임스로서는 어쩔 수 없는 일이었다.

"참나, 예전에는 이렇게까지 하지는 않았는데 말이야."

"하하하, 기분 풀고 안으로 들어가세."

친구의 말에 제임스는 바로 기분을 풀고 안으로 들어갔다.

이스마엘은 그동안 무슨 일이 있었는지 예전과는 엄청난 차이를 보이고 있었다.

전에는 실력은 있었지만 마나를 사용하지 못하였는데, 지금은 마나를 사용하고 있었다.

제임스가 실력이 높아지니 이스마엘의 실력이 한눈에 보였다.

'이스마엘이 이제는 익스퍼트 중급의 실력이 되었으니 무슨 일이 있었나?'

예전의 일을 생각하니 용병들이 익스퍼트급이 된다는 것은 불가능에 가까운 일이었기 때문에 가지는 생각이었다.

비록 이들과 헤어진 지가 이십여 년이 지났다고 해도 그 안에 저런 실력자가 되기에는 무언가 다른 일이 있다는 결론밖에 나지 않았다.

이스마엘은 자신이 있는 곳으로 제임스를 데리고 갔다.

"이리 앉게."

"알겠네. 자네도 그동안 많이 변했구만, 그래."

"하하하, 아직 용병 일을 하고 있으니 그렇겠지 나도 조금 변하기는 했지만 자네에 비해 변하지 않은 것 같은데 그래."

이스마엘은 의미심장한 미소를 지으며 제임스를 보았다.

제임스는 이스마엘이 이상한 미소를 짓자 속으로 이미 자신의 일에 대해 알고 있는 것이 아닌가라는 생각이 들었다.

"나야 그동안 결혼을 하고 애를 낳고 살았지만 자네는 어떤가?"

"나도 마찬가지라네. 결혼은 아직 하지 않았지만 파리엘 님을 만나게 되어 인생이 변하게 되었지."

이스마엘은 파리엘을 만나게 된 일에 대해 설명을 해 주었다.

이스마엘은 십오 년 전에 우연히 파리엘이 위험해 처해 있는 것을 구해 주게 되어 인연을 맺었다고 하였다.

파리엘은 자신의 생명을 구해 준 이스마엘에게 마나 호흡법을 알려 주었고, 그 후로 둘은 함께 생활을 하게 되었다고 한다.

십오 년이라는 시간 동안 마나 호흡법을 익히고 나니 자신도 모르게 익스퍼트의 실력자가 되었고, 이렇게 용병 길드의 간부가 되어 있었다.

제임스는 이스마엘의 이야기를 모두 듣고는 고개를 끄덕였다.

"고생했네. 그래도 자네는 이제 익스퍼트의 실력자가

되었으니 큰소리를 치고 살겠네."

"이 사람이 자네는 나보다 더 하지 않나?"

"알고 있었나?"

제임스는 이스마엘이 자신이 일을 알고 있다는 것을 느꼈다.

"이 친구가 대륙을 울리는 브레인 대공의 일을 모르는 사람이 어디에 있는가? 나도 처음에는 자네의 이름이 나와 긴가민가했지만 조금 조사를 해 보니 자네라는 것을 알고는 조금 놀랐네. 자네가 제국의 귀족이라는 사실은 우리만 알고 있었기에 혹시나 복수를 위해 저러는 것이 아닌가라는 생각이 들어 조금 걱정을 하고 있었다네."

이스마엘의 말에 제임스는 친구의 마음을 이해할 수 있었다.

비록 평민과 귀족이지만 이들은 예전의 동료라는 명분이 있어 지금도 이렇게 편하게 말을 하고 있었다.

"내가 자네를 찾은 이유는 우리 아들 때문이라네."

"몬스터 대지에 간 브레인 대공 때문이라고?"

이스마엘도 갑자기 친구의 말에 이해할 수가 없다는 표정을 지었다.

"그래, 브레인이 이번에 몬스터 대지로 가는 것은 알고 있으니 자네의 도움을 청하기 위해 온 것이라네."

"헉! 자네 몬스터 대지는 절대 금지라는 것을 알고 있지 않나. 우리 용병들이 가지 않는 곳이 바로 절대 금지라 내가 해 주고 싶어도 갈 사람이 없다네."

이스마엘의 말은 사실이었다.

용병들이 가지 않으려고 하는 것을 강제로 보낼 수는 없는 일이었다.

여기는 용병들을 강제로 움직이기 위한 곳이 아니기 때문이었다.

"알고 있지만 몬스터 대지에 가는 자식을 보고 있는 나의 심정은 어떠하겠는가? 제발 부탁이니 도와주게."

오랜만에 갑자기 찾아와 도와 달라는 것이 몬스터 대지로 가자는 말을 하고 있으니 이스마엘도 상당히 곤란한 입장이 되고 말았다.

그렇지만 도움을 주고 싶어도 줄 수가 없는 경우가 있는데 지금이 그런 경우였다.

"미안하지만 나는 도움을 줄 수 없다네. 다른 부탁이 있으면 몰라도 금지에 가라는 말을 들어줄 수는 없다네."

이스마엘은 냉정하게 거절을 하고 말았다.

이런 문제는 질질 끌어서 좋을 것이 없다고 생각해서였다.

제임스도 자신이 무리한 부탁을 하고 있다는 사실을 알고 있었다.

하지만 아들에게 무언가 도움을 주고 싶다는 생각에 여기까지 온 것이기 때문에 그냥 물러날 수는 없는 일이었다.

아버지가 되어 자식이 하는 일에 아무런 도움을 줄 수 없다는 것이 제임스를 더욱 힘들게 만들고 있었다.

"내가 어떻게 하면 용병들에게 도움을 받을 수 있겠는가?"

제임스의 질문에 이스마엘은 곤란한 표정을 지었다.

"자네도 용병의 생활을 해 보았지 않나. 그런데 이렇게 어거지로 부탁을 한다고 해서 된다고 생각하는가?"

제임스도 이스마엘의 말을 충분히 이해하고 있었다.

하지만 이대로 빈손으로 돌아갈 수는 없는 일이기에 최대한 어거지를 부리고 있는 중이었다.

"미안하네. 그래도 나를 좀 도와줄 수 없겠나?"

제임스의 간절한 눈빛은 이스마엘의 마음을 흔들고 있었다.

"이 문제는 내가 결정할 일이 아니니 일단 조금 기다려 보게, 파리엘님이 오실 때가 되었으니 내가 부탁을 해 보겠네. 하지만 만약에 안 되도 자네 기분 나쁘게 생각하지는 말게. 이게 내가 해 줄 수 있는 최선의 방법이니 말일세."

제임스도 이스마엘의 입장을 이해하고 있었다.

"알겠네, 만약에 되지 않아도 그냥 돌아가도록 하겠네."

이스마엘은 제임스의 대답에 입가에 다시 미소를 지으며 반가운 얼굴이 되었다.

지난 이야기를 시작하자 서로는 그동안 있었던 일들에 대해 이야기를 하며 시간을 보내고 있었다.

그때 밖에서 급히 이스마엘을 찾는 소리가 들렸다.

"이스마엘님 용병 왕께서 찾으십니다."

"알았다. 금방 간다고 전해 드려라."

이스마엘은 대답을 하고는 바로 제임스를 보며 미안한 표정을 지었다.

"나 잠시 나갔다 와야겠네. 자네의 일도 말씀드리고 해야 하니 조금 시간이 걸릴지도 모르겠네."

"알았으니 다녀오게."

제임스는 이스마엘을 보며 웃으면서 대답을 해 주었다.

이스마엘은 그런 제임스를 두고 나갔다.

용병왕은 용병길드에서 최고의 신분이기도 했지만 대륙에 있는 모든 용병들의 불이익을 당하지 않게 귀족들과의 관계를 돈독하게 하며 길드에 손해가 가지 않게 하는 일을 하고 있었다.

물론 용병 왕이라고 해서 일을 하지 않는 것은 아니었다.

이스마엘은 파리엘을 만나 제임스가 자신을 찾아온 이유에 대해 설명을 하고 있었다.

"브레인 대공을 도와주는 것이 우리에게는 이런 이득이 있습니다. 파리엘 님."

"나도 알고 있지만 문제는 카이라 제국과 관계를 생각하면 우리가 브레인 대공을 도와주면 곤란하게 된다는 것이지. 안 그런가?"

용병길드에서는 브레인의 신분을 벌써 파악하고 있었다.

물론 제임스 때문에 밝혀진 신분이기는 했지만 말이다.

"카이라 제국과 문제가 있기는 하지만 이는 제국 전체의 일이 아니라고 생각합니다. 바로 미첼 공작가와 파올로 백작가의 문제이지요."

이스마엘의 말대로 카이라 제국의 문제가 아닌 미첼 공

작가와의 문제였지만 지금 카이라 제국에서 가장 강한 세력을 가지고 있는 미첼 공작가의 말을 무시할 수는 없는 일이었기 때문에 파리엘도 조금 곤란한 표정을 짓고 있었다.

미첼 공작가의 힘은 카이라 제국의 전역에 퍼져 있을 정도로 막강한 힘을 가지고 있는 가문이었다.

용병길드가 비록 제국에 속해 있는 곳은 아니라고 하지만 카이라 제국의 힘을 무시했다가는 길드를 존속하는 것도 어렵다는 것이 지금 용병길드의 입장이었다.

"제임스 백작을 일단 내가 만나 보고 결정을 하기로 하지."

"알겠습니다. 파리엘 님."

이스마엘은 얼굴이 환해지며 대답을 하였다.

친구의 부탁이지만 자신은 최선을 다했고 이렇게 만남을 주선하였으니 나머지는 제임스가 알아서 처리를 해야 하는 일이었다.

이스마엘의 주선으로 제임스는 용병 왕과 만남을 가지게 되었다.

용병왕은 마스터의 경지에 오른 유일한 사람이었기에 제임스를 보고는 단번에 자신과 비교를 해도 약하지 않은 실력자라는 것을 알았다.

용병왕은 호승심이 생기는 자신을 보고 의미심장한 미소를 지으며 제임스에게 대련을 신청하고 있었다.

"제임스 백작님, 저와 대련을 해서 승리를 하는 사람의 부탁을 들어주는 것이 어떻습니까?"

제임스는 오늘 처음 만난 용병 왕이 갑자기 부탁을 들어주는 조건으로 자신과 대련을 하자고 하자 가슴이 뛰었다.

용병 왕이 비록 마스터라고는 하지만 자신도 마스터와 비슷한 경지였기에 충분히 승산이 있다고 생각이 들어서였다.

"좋습니다. 대련을 하지요."

제임스는 용병왕의 자신의 입으로 한 약속을 어기지는 않을 것이라는 확신이 들어 대련을 하기로 마음을 정했다.

제임스와 용병왕은 조용히 연무장으로 갔고 이스마엘이 심판을 보기로 하고 둘이는 치열한 대결을 하였다.

하지만 결과는 둘이의 무승부로 결정이 나서 용병왕은 결국 제임스의 부탁을 수락하는 것으로 결론을 보았다.

엔더슨은 이런 과정을 모두 보고하였고 듣고 있던 브레

인은 아버지가 조금 무리를 했다는 것을 느꼈다.

그렇지만 그렇게라도 하고 싶어 하시는 아버지의 마음을 모르는 것은 아니었다.

"엔더슨, 지금 아버지는 어디에 계시는 거야?"

[예, 지금 용병길드에 계십니다. 친구분인 이스마엘과 함께 있습니다.]

"알았어. 용병들은 모두 얼마나 이곳으로 오게 되는 거지?"

[제가 알기로는 용병왕이 이끄는 용병단과 이스마엘과 친분이 있는 용병단이 가기로 하였다고 합니다. 그 인원은 모두 삼만 정도의 인원이라고 합니다.]

용병이 삼만이라면 엄청난 인원이었지만 지금은 그리 많게 느껴지지 않았다.

"아버지와 함께 조심해서 오시라고 해 줘. 우리는 모레 아침에 몬스터 대지로 향하게 될 거니 뒤를 따라오면 될 거야."

[알겠습니다. 그렇게 전해 드리겠습니다. 대공 전하.]

"그래, 엔더슨을 믿고 부탁할게."

브레인은 그렇게 말을 하고는 통신을 마무리했다.

알렉스는 제임스가 용병들을 데리고 온다는 소식에 조

금 긴장을 하는 것 같았다.

이는 다른 것 때문이 아니라 바로 용병왕이 함께 온다는 소식 때문이었다.

마스터의 경지에 오른 용병왕이라면 자신과 충분히 대련을 할 수 있을 것이라는 생각이 들어서였다.

몬스터의 대지로 가기 전에 들려온 소식은 금방 병사들에게 전해졌고 병사들의 사기는 더욱 커졌다.

용병들이 승산 없이 참전을 하지는 않을 것이라는 생각에서였다.

이렇게 원정군의 사기는 하늘을 찌를 듯 높아만 가고 있었다.

5.
몬스터 대지에 들어가다

브레인과 원정군은 아주 편히 요새에서 피로를 풀었고, 이제 출발을 하기 위해 아침부터 바쁘게 움직이고 있었다.

브레인은 그런 병사들을 보며 흐뭇한 얼굴을 하고 있었다.

"대공 전하, 이제 출발을 하셔야 하는데 혹시라도 위험한 경우가 생기시면 무리하시지 말고 바로 이곳으로 후퇴를 하십시오."

알렝 자작은 브레인을 걱정하여 하는 말이었다.

"고맙소. 알렝 자작의 말대로 무리를 하지 않고 위험하게 되면 바로 후퇴를 할 것이오."

브레인이 그렇게 대답을 하자 알렝 자작은 마음이 놓이는지 얼굴색이 조금 밝아지고 있었다.

브레인과 알렝 자작이 대화를 하며 아쉬움을 달래고 있을 때 무적의 기사단에 속해 있는 제이슨 단장이 다가왔다.

"대공 전하, 모든 준비를 마쳤습니다."

"알겠소. 바로 갑시다."

브레인은 알렝 자작에게 눈빛으로 인사를 하고는 바로 자신의 말이 있는 곳으로 갔다.

기사들과 병사들은 모두 출발할 준비를 마치고 대기를 하고 있었다.

브레인은 말에 오르자 바로 크게 소리를 쳤다.

"진군하라!"

"출발 명령이 떨어졌다."

"출발하라."

기사들의 명령에 병사들은 당당하게 걸음을 걸으며 요새의 문을 통과하고 있었다.

요새의 문을 통과하자 이제부터는 몬스터의 대지라고 하는 곳으로 가고 있다는 생각에 브레인도 조금은 가슴이 떨리는 것을 느끼고 있었다.

브레인은 떨리는 가슴을 진정시키고 에레나를 찾았다.

'에레나 이제부터 몬스터의 대지이니 부탁할게.'

'마스터 걱정하지 마. 몬스터는 내가 전문이라고 했잖아.'

에레나의 말에 브레인은 조금은 안심이 되었지만 그래도 가슴 한구석에는 불안함이 남아 있었다.

에레나를 전적으로 믿을 수 있었으면 그러지 않겠지만 이상하게 에레나는 브레인에게 믿음을 주지 못하고 있었다.

그러니 브레인이 아직도 불안감을 벗지 못하고 있는 것이었고 말이다.

원정군은 당당하게 몬스터의 대지에 진입을 하고 있었지만 병사들과 기사들도 약간은 불안감을 가지고 있었다.

브레인은 출발과 동시에 정찰병을 보내고 있었는데 정찰을 하는 것은 병사가 아닌 기사들을 보내고 있었다.

기사들은 자신들이 정찰을 한다는 것이 마음에 들지 않았지만 여기는 몬스터 대지라는 것을 인식시키며 브레인의 지시에 이해를 하고 나서게 되었다.

"정찰조에서는 연락이 없는가?"

"예, 아직 아무 연락이 없는 것을 보니 아직 몬스터가 발견되지는 않은 것 같습니다."

원정군의 선두에는 브레인과 마스터들이 서 있었고 병사들이 중간 그리고 후미에는 견습 기사들과 무적의 기사단 중 절반에 해당하는 기사가 자리를 잡고 있었다.

중간 중간에 기사들이 병사들을 보호하기 위해 이동을 하고 있어서 몬스터의 기습에 대비를 하며 이동을 하고 있었다.

'에레나, 몬스터들이 어째서 보이지 않는 것이지?'

브레인은 몬스터의 대지에 진입을 했는데도 몬스터가 보이지 않자 조금 이상한 생각이 들어 에레나에게 물었다.

'마스터, 몬스터는 내가 지금 조정을 하고 있는 중이야.'

'조정을 하고 있다고? 그럼 지금까지 몬스터들을 조정하고 있었다는 말이야?'

'응, 몬스터는 내 전공이라고 했잖아. 그래서 정신을 조작하여 다른 곳으로 이동을 하게 만들었어, 나 잘했지?'

에레나는 브레인도 모르게 몬스터의 정신을 조작하여 이동을 시키고 있었다는 말을 하자 브레인은 정말 어이가 없는 표정을 짓고 말았다.

자신은 지금까지 몬스터에 대한 걱정을 하고 있었는데 에레나는 자신도 모르게 몬스터를 조정하여 이동을 시키고 있었다고 하니 화가 나서 미칠 것 같았다.

'에레나 어떻게 나도 모르게 그런 짓을 하는 거지? 내가 너의 마스터가 맞기는 한 거야?'

브레인은 진심으로 화가 나서 고함을 치고 있었다.

하지만 문제는 에레나가 그것을 인정하고 있는지가 문제였다.

'마스터, 왜 화를 내고 그래? 나는 분명히 내 전공이 몬스터를 조정하는 것이라고 말해 주었고, 그대로 하고 있는데 말이야. 그리고 마스터가 아니면 내가 왜 여기에 있는 건데?'

에레나의 말에 브레인은 속에서 열불이 나고 있었다.

말로만 마스터라고 하지 실지로 자신은 에레나가 보관되어 있는 반지를 가지고 있는 짐꾼에 불과 했기 때문이었다.

'어디가 내가 마스터라는 말이야? 항상 니가 하고 싶은 대로 하면서 무슨 마스터라고 하는 거야?'

'아, 마스터, 뭔가 오해를 하고 있는 것 같은데. 고대에는 마스터라는 존재는 서로가 도움을 주는 관계이지 일

방적인 관계가 아니야. 내 말 무슨 뜻인지 알겠지?'

에레나의 말을 듣고 브레인은 완전히 에레나에게 당했다는 기분이 들었다.

처음에 자신을 만났을 때에는 주인이라고 하면서 잘 지내자고 했는데 그게 다 함정이라는 말이었다.

결국 에레나는 자신을 불러 줄 사람이 필요한 것이었고, 그 사람이 바로 자신이었다는 것을 알게 되자 브레인은 더 이상 에레나에게 당할 수는 없다는 생각을 하게 되었다.

에레나가 몬스터를 조정하고 있다는 말도 이제는 믿을 수가 없을 것 같아서였다.

도대체가 에레나와의 일은 종잡을 수가 없었다.

'에레나, 몬스터를 조정한다고 하니 묻겠는데 진짜로 몬스터를 조정하고 있는 거야?'

'마스터, 나는 전공을 속이지는 않아. 몬스터는 지금 내가 조정을 하여 다른 곳으로 이동을 시키고 있는 중이니 안심하고 이동을 해도 문제가 없을 거야.'

몬스터가 다른 곳으로 이동을 한다고 하니 그 말은 조금 안심이 되는 브레인이었다.

'에레나, 만약에 말이야 몬스터가 나를 만나게 되면 어

떻게 되는 거야? 나도 몬스터를 조정할 수 있는 거야?'

브레인이 가장 알고 싶은 부분이 바로 이 문제였다.

'마스터, 몬스터를 내가 조정하니 마스터는 당연히 조정을 할 수 있지. 바보 아냐?'

에레나의 말에 화는 나지만 몬스터를 조정할 수 있다는 말은 너무도 마음에 들었다.

'정말로 내가 몬스터를 조정할 수 있는 거지? 그런데 어떻게 조정하는 거지?'

'그냥 지금 나에게 하는 것처럼 말을 하면 되는데 무슨 어려운 일도 아니고 말이야. 에이 우리 마스터는 진짜 바보인가 보다.'

에레나의 정신연령이 얼마나 되는지는 몰라도 마치 아기처럼 말을 하고 있었다.

브레인은 어찌 되었든가 몬스터를 조정할 수 있다는 것에 조금은 에레나에 대한 분노가 사라지고 있었다.

브레인은 병사들을 보며 이들의 희생이 없으니 보기는 좋았지만 만약에 이대로 몬스터 대지를 얻게 되면 나중에 크게 문제가 생길 것이 염려되었다.

'흠, 몬스터를 내가 조정하는 것은 좋은데 만약에 그런 문제로 인해 흑마법을 사용하는 것으로 오해를 받게 되면

곤란해지는데 말이야.'

대륙의 모든 나라가 흑마법에 대해서는 아주 단호하게 대처를 하고 있었다.

그런데 갑자기 자신이 몬스터를 조정하는 것이 알려지게 되면 다른 나라에서 가만히 있지는 않을 것이라는 생각이 들어 고민이 되었다.

가장 현명한 방법을 찾아야 하기 때문이었다.

브레인이 그렇게 고민하고 있을 때 알렉스와 친구들은 브레인의 얼굴이 갑자기 변하는 것을 보고는 조금 이상하다는 느낌을 받고 있었다.

'갑자기 왜 저러시지? 무슨 고민이 있으신가?'

알렉스는 그렇게 생각하였고 피터는 조금 다르게 생각하고 있었다.

'왜 저러지 몬스터 대지에 오더니 갑자기 미쳤나?'

브레인의 얼굴은 좋아졌다가 갑자기 화를 내는 것처럼 변했다가 다시 좋아지고 있으니 이들의 상상은 요상한 방향으로 펼쳐지고 있었다.

브레인은 친구들이 자신을 보고 있다는 생각을 하지 못하고 있다가 갑자기 이상한 기분이 들어 주변을 살펴보니 모두의 시선이 자신을 향해 있는 것을 알았다.

'이런, 창피하게 모두가 보고 있다는 생각을 하지 못하고 있었다니…….'

브레인은 친구들은 상관이 없지만 다른 이들은 달랐기 때문에 창피한 기분이 들었다.

순간적으로 머리를 굴려 이 난관을 피하기 위해 방법을 생각하기 시작했다.

"알렉스 백작, 지금 당장 정찰을 할 수 있는 기사들을 더 편성해서 보내도록 하게."

"예? 정찰조를 더 보내라고요?"

"아무리 생각해도 지금 상황이 이상하다는 생각이 들어서 그러니 일단 정찰을 할 수 있는 기사를 더 많이 보내보고 결론을 내리자."

브레인은 자신의 창피함을 이렇게 모면하려고 하였다.

귀족들과 지휘관들은 그런 브레인의 말을 듣고는 지금까지 이상한 표정을 지은 이유를 알게 되었다는 얼굴을 하고 있었다.

여기는 몬스터 대지라고 불리는 곳이고 그런 곳에 몬스터가 보이지 않는다는 것은 무언가 문제가 있다는 것을 의미하니 당연히 고민이 되었을 것이라는 생각이 들어서였다.

자신들이라고 해도 마찬가지라는 생각이 들자 모든 행동이 이해가 갔다.

"대공 전하, 정찰을 할 기사는 있지만 지금도 나가 있는 기사가 적지 않는 수인데 여기서 더 보내는 것은 위험하지 않겠습니까?"

"위험하다고 해서 정찰을 소홀히 할 수는 없는 일이니 일단 정찰을 먼저 보내서 확인을 하는 것이 우선이오."

"알겠습니다. 바로 보내도록 하겠습니다."

알렉스는 바로 기사들을 뽑아 정찰을 보내기 시작했다.

기사들도 조금 이상한 기분이 들었기에 정찰을 하라는 명령에 군소리 없이 바로 움직이기 시작했다.

기사들이 다시 출발을 하고 브레인은 귀족들과 지휘관들에게 다시 지시를 내렸다.

"오늘은 이곳에서 야영지를 준비하고 기사들이 돌아오면 내일 어찌할 것인지를 결정하겠소. 여기는 몬스터 대지이니 야간의 경계에 만전을 기하라고 하시오."

"알겠습니다. 대공 전하."

귀족들과 기사들은 힘차게 대답을 하고는 빠르게 돌아갔다.

병사들은 아직 어둠이 오지도 않았는데 야영지를 만들라고 하니 조금 어리둥절한 얼굴이었지만 기사들이 움직이는 것을 보고는 무언가 있다는 느낌을 받았기에 바로 움직이기 시작했다.

야영지는 숙달된 병사들이 있어 그리 어렵지 않게 준비가 되었다.

브레인은 다른 생각을 하고 있었지만 귀족들과 기사들은 기사들이 돌아오기만 기다리고 있었다.

기사들이 와야 무슨 일인지를 알 수가 있어서였다.

아이론 남작은 지금 묘한 기분이 들었다.

'정말 이상한 기분이 드네. 여기가 과연 몬스터 대지가 맞는 것인가?'

아이론 남작도 몬스터 대지에 대한 이야기를 많이 들었기에 얼마나 위험한 지역이라는 것을 알고 있었는데 막상 안으로 진입을 하니 자신들이 알고 있는 것과는 아주 다른 상황이 전개되고 있어 조금 이상한 기분이 들고 있었다.

브레인은 에레나가 몬스터를 모두 조정하여 다른 곳으로 보내고 있다는 사실을 아무에게도 알려 주지 않고 있었다.

이런 일은 혼자 알고 있는 것이 오히려 좋을 것 같아서였다.

반지에 대해서는 친구들도 모르고 있는 일이라 브레인은 자신만 알고 있는 비밀로 하고 있었다.

'에레나, 아직도 몬스터들이 오고 있나?'

'이 근방에 있는 놈들은 내가 다 처리를 했지만 아직도 주변에 남아 있는 놈들이 많아서 시간이 걸릴 것 같은데, 마스터.'

'그래도 병사들이 피해를 입지 않으니 다행이다. 에레나, 계속해서 수고를 해 줘.'

'알았어. 몬스터는 걱정하지 말고 다른 일만 생각해, 마스터.'

에레나는 몬스터에 대한 문제는 자신이 책임을 진다고 하니 브레인의 입장에서는 아주 좋은 일이었다.

에레나가 몬스터를 조정하는 방법이 무엇인지는 모르지만 도움이 되는 것은 사실이니 일단 넘어가기로 했다.

나중에 자신이 강해지면 말을 하지 않아도 알게 될 것이라는 생각이 들어서였다.

아직은 자신이 강하지 않아 그렇지 반지에는 무언가 자신이 모르는 다른 것이 있다는 것을 은연중에 느끼고 있었다.

그리고 에레나도 무언가 자신에게 말을 하지 않는 것이 있다는 것을 느끼고 있어서였다.

'나중에 알게 되겠지. 지금은 내가 아무리 알아내려고 해도 방법이 없으니 결국 시간이 지나야 한다는 이야기니 일단 기다려 보자.'

브레인은 그렇게 생각을 하기로 마음을 정하니 조금은 편한 기분이 되었다.

몬스터 대지에 와서 몬스터와 전투를 하지 않아 조금 이상하기는 했지만, 그래도 병력의 피해를 입지 않는 것만으로도 이곳에 온 이유가 성공하였다는 생각이 들었다.

지금 이곳에 온 병력은 모두가 자신의 병사들이 될 사람들이었기 때문이다.

이는 국왕이 떠나기 전에 약속을 하였던 부분이라 누구도 자신의 병사들을 데리고 갈 수가 없었다.

오로지 자신만이 이들의 생살여탈권이 있다는 이야기였다. 병사들도 떠나기 전에 이미 이 사실을 알고 있었다.

단지 이들은 이곳에 정착을 한다는 사실만 모르고 있을

뿐이었다.

"대공 전하, 정찰을 나간 기사들이 돌아오고 있다고 합니다."

"알겠네. 병사들에게는 충분한 휴식을 취하라고 지시를 하고 경계조는 절대 실수를 하지 말라고 하게."

"예, 대공 전하."

제이슨 단장은 바로 대답을 하고 나갔다.

브레인은 기사들이 돌아오고 있다고 하니 기다리고 있었다.

기사들이 정찰을 나갔지만 이미 상황을 알고 있기에 기사들이 무슨 말을 할지가 기대되는 브레인이었다.

정찰을 나간 기사들이 돌아와 바로 보고를 하고 있었다.

"정찰에 대한 보고를 하겠습니다."

"어서 보고하게."

"저희들이 가 본 곳에는 몬스터는 보이지 않았습니다. 그래서 이상해서 주변을 모두 정찰하였지만 아직 몬스터를 발견하지는 않았습니다."

알렉스는 기사들의 보고에 바로 브레인이 있는 곳으로 갔다.

아직 돌아오지 않은 기사들이 있기는 하지만 그들도 달라질 것이 없다고 보았기 때문이었다.

알렉스는 브레인에게 가서 기사의 보고를 그대로 하고 있었다.

"정찰조가 수색을 하였지만 몬스터를 발견하지는 않았다고 합니다. 대공 전하."

"이상하군. 여기는 분명히 몬스터 대지라고 왔는데 어째서 몬스터가 보이지 않는 것일까?"

"저… 저도 그것이 이상하기는 합니다."

알렉스도 몬스터의 대지에 오면서 잔뜩 기대를 하고 있었는데 몬스터는 구경도 하지 못하고 있어 솔직히 짜증이 났다.

자신의 검술은 파괴력을 중점적으로 다루는 검술이었기에 실전이 가장 필요한 검술이었다. 이번에 이곳에 오면 질리도록 실전을 겪을 것을 기대하고 왔는데 아무런 일이 생기지 않으니 짜증이 난 것이다.

"알렉스 백작은 기사들을 다독거려 주고 혹시 모르니 병사들도 기사들에게 이야기 하여 다독거려 주라고 이야기를 해 주게."

"네, 알겠습니다. 대공 전하."

알렉스가 나가자 브레인은 웃음이 나오는 것을 참고 있었다.

자신은 이미 상황에 대해 알고 있으니 왜 몬스터가 보이지 않는지를 알고 있지만 그렇지 않은 귀족들과 지휘관들은 모두 이상하게 생각하고 있는 것이 조금은 웃겨서였다.

'후후후, 이번에 몬스터 대지에 온 것은 아주 잘한 일이 되겠군. 누구도 찾지 못한 아레아 영지를 나는 찾았으니 말이야.'

브레인은 아레아 영지를 찾아 왕국으로 돌아갈 생각은 없었다.

오히려 아레아 영지에 정착을 하여 영지를 발전시킬 생각을 하고 있는 중이었다.

아직 이곳이 몬스터의 대지라고는 하지만 자신은 에레나가 있어 몬스터의 침공을 당할 이유가 없어서였다.

헤이론 왕국의 원정군이 이렇게 한가하게 몬스터를 찾고 있을 때 스카이나 왕국에서는 지금 몬스터 대지에 대한 회의를 하고 있는 중이었다.

"국왕 폐하, 이번이 우리 왕국에게는 기회입니다. 잃어

버린 왕국의 영토를 찾을 수 있는 마지막 기회일 수도 있습니다."

"공작이 아무리 그래도 토벌군을 편성할 수는 없소."

"폐하, 우리의 영지를 찾는 일입니다. 절대 포기할 수 없는 우리 왕국의 땅입니다."

"아무리 그래도 나는 허락을 할 수 없소."

스카이나 왕국의 베르나인 공작은 이번 몬스터 토벌군에 대한 지대한 관심을 보였고 브레인이 드디어 떠났다는 보고를 받자 바로 왕궁으로 달려온 것이다.

스카이나 왕국이 자력으로 토벌군을 만들 수는 없었지만 헤이론 왕국이 이미 원정군을 보냈으니 이때가 기회라는 생각이 들어서였다.

그런데 막상 왕궁에 와서 말을 하니 국왕이 반대를 하고 있어 화가 났다.

왕국이 지금 이렇게 약하게 변한 이유는 바로 영지를 잃어버려 그런 것인데 그런 사정을 알고 있는 국왕이 반대를 할지는 생각도 하지 못해서였다.

"공작 전하, 지금 왕국의 사정으로는 토벌군을 꾸릴 형편이 되지 않습니다. 그런데 자꾸 그렇게 말씀을 하시면 어쩌란 말입니까?"

스카이나 왕국의 사정이 힘들다는 것은 모두가 알고 있는 문제였다.

하지만 그 문제를 가지고 이대로 있다면 필시 다른 나라에게 먹히는 결과가 오게 된다는 것이 베르나인 공작의 생각이었다.

그러니 마지막으로 사력을 다해 몬스터 대지를 공격하자는 것인데 국왕과 국왕파 귀족들은 절대적으로 반대를 외치고 있으니 베르나인 공작의 입장에서는 참으로 답답하기 만한 일이었다.

특히 국왕파의 수장인 가이터 후작이 결사적으로 반대를 하는 이유는 자신의 권력을 유지하기 위해서라는 것이 베르나인 공작을 분노하게 만들고 있었다.

"후작은 우리 왕국이 이대로 있으면 발전이 있을 것이라고 생각하오?"

"공작 전하, 우리 왕국은 아직도 충분히 발전을 하고 있는 중입니다. 그리고 지금은 솔직히 자금도 부족하고 병사들도 부족한 상황입니다. 국왕 폐하께서도 반대를 하시는 이런 때에 몬스터 대지를 토벌하자는 말이 나오십니까."

가이터 후작은 베르나인 공작을 보며 정면으로 반대를

하고 있었다.

귀족들 중에 군부에 속해 있는 귀족들은 분노를 느끼고 있었다.

국왕이 이미 반대를 하였기에 이들이 참고 있는 것이지 아니었으면 아마도 바로 다른 말을 하였을 것이다.

"그대가 진정으로 왕국을 생각한다면 이렇게 반대를 하지는 않았을 것이오."

베르나인 공작은 국왕이 반대를 하는 일이니 더 이상 거론을 하고 싶지가 않았다.

베르나인 공작이 돌아가자 국왕과 귀족들은 오랜만에 즐거운 얼굴을 하고 있었다.

"폐하, 이번에 베르나인 공작이 이번에 크게 당했으니 이제는 당분간 조용히 있을 것입니다."

"그럴까?"

"예, 당분간은 조용히 있을 것입니다. 그동안 베르나인 공작이 조금 지나쳤죠."

"그렇지. 공작이 돼서 왕국의 사정은 생각지도 않고 저런 발언을 한다는 것 자체가 이상한 거지."

국왕과 귀족들은 베르나인 공작을 욕하고 있었다.

베르나인 공작은 성격이 바른 사람이라 그동안 왕국의

일에 여러 가지로 참견을 하여 국왕과 귀족들을 불편하게 하였다.

이들이 이렇게 베르나인 공작을 싫어하는 것은 바로 그런 이유가 있어서였다.

베르나인 공작은 저택으로 돌아와 아직도 화를 풀지 못하고 있었다.

"아니, 왕국의 고위 귀족이라는 놈들이 그렇게 생각이 없나? 지금 토벌군을 만들게 되면 그냥 몬스터 대지를 얻을 수 있는데 그런 절호의 기회를 그냥 차 버리고 있으니 정말 미치겠네."

베르나인 공작은 이번이 정말 좋은 기회라는 것을 본능적으로 느끼고 있었지만 국왕과 귀족들이 반대를 하니 혼자 어쩔 수가 없었다.

스카이나 왕국에는 국왕에게는 왕세자와 여러 왕자들이 있었지만 베르나인 공작은 왕세자를 다음 대 국왕으로 만들려고 하고 있었다.

왕세자는 어려서부터 현명하고 똑똑한 모습을 보여 주어 베르나인 공작을 기쁘게 하였다.

그래서 지금 왕세자를 절대적으로 국왕의 자리에 앉히려고 하니 귀족들과 국왕에게 미움을 사고 있었다.

현 국왕에게는 왕세자의 어머니인 왕비가 죽고 새로운 왕비가 뽑혀 그 왕비가 왕자를 여러 명을 낳아 국왕을 기쁘게 해 주었다.

스카이나 왕국의 왕자는 왕세자를 빼고도 세 명의 왕자가 있었지만 모두가 한 어머니가 낳은 왕자들이라 그들끼리는 잘 뭉치고 있었다.

국왕도 왕세자보다는 이 왕자를 다음 대 국왕으로 만들고 싶었지만 군부를 대표하는 베르나인 공작이 반대를 하여 마음대로 하지를 못하고 있으니 공작을 미워하고 있었다.

"지금은 힘들겠지만 어쩔 수 없이 다음 대를 기대해야겠다."

베르나인 공작은 다음 대의 국왕은 왕세자가 되게 하여 왕국의 발전을 기대하기로 마음을 먹었다.

지금 자신이 나선다고 해서 일이 성사되는 것은 아니었기 때문이다.

지난 몬스터 대란에 가장 많은 피해를 입은 나라가 있다면 아마도 스카이나 왕국일 것이다.

스카이나 왕국은 왕국의 영토를 절반이나 잃었기 때문이었다.

아직도 그 영지를 찾지 못해 지금도 스카이나 왕국은 허덕이고 있었다.

그래서 브레인이 몬스터 대지를 토벌한다는 소리를 듣자 베르나인 공작이 바로 국왕에게 우리도 참여를 하자고 건의를 하였던 것이다.

왕국의 미래를 생각해서는 반드시 해야 하는 일이었기 때문이다.

왕궁의 왕비가 거처로 삼고 있는 궁에는 지금 국왕파의 실질적인 수장인 가이터 후작이 왕비와 대화를 나누고 있었다.

"호호호, 오라버니 이번에 베르나인 공작의 코를 납작하게 해 주었다면서요."

"아닙니다. 베르나인 공작이 그 정도로는 절대 기가 죽을 인물이 아니지요. 하지만 점점 자리를 잃어 가고 있으니 조만간에는 반드시 왕세자의 문제를 거론하여 이왕자 전하를 다음 대 국왕의 자리에 앉으시게 해야지요."

가이터 후작은 왕비의 오빠로 이왕자의 숙부이기도 했다.

베르나인 공작이 만약에 왕세자를 다음 대 국왕으로 만

들게 되면 이들은 끈 떨어진 신세가 되기 때문에 이렇게 온갖 모략을 꾸미고 있는 중이었다.

자신들의 권력을 놓치고 싶지 않아서였다.

"오라버니, 베르나인 공작이 힘을 쓸 수 있는 이유는 바로 군부의 귀족들이 지지를 하고 있기 때문이에요. 그러니 우리도 그런 군부의 귀족을 포섭해야 앞으로 든든하게 될 거에요."

"그럼, 바빌로니아 후작을 설득하자는 말입니까?"

현 군부의 귀족들 중에 가장 강한 세력을 가지고 있는 귀족이 바로 베르나인 공작이었고, 그 다음에 바빌로니아 후작이라는 것을 모르는 왕국 사람은 없었다.

바빌로니아 후작은 군인이기 때문에 왕좌에는 관심이 없는 인물이었다.

그만큼 국왕의 자리에는 관심이 없는 후작이었고 오로지 관심을 가지고 있는 것이 있다면 군부에 대한 문제였다.

바빌로니아 후작은 군부의 일 때문에 베르나인 공작과 다투기도 할 정도로 군부에 대해서는 적당히라는 말이 통하지 않는 인물이기도 했다.

그런 인물을 설득하여 자신들에게 힘을 실어 주기를 바

라는 왕비를 걱정스러운 눈빛으로 보고 있는 가이터 후작이었다.

"오라버니, 바빌로니아 후작에게 유일한 약점이 무엇인지 아세요?"

"약점이라? 후작의 약점이라면 그의 아들을 말하시는 것입니까?"

"호호호, 오라버니는 역시 정보가 빠르시군요. 그래요. 그의 아들인 세이돈이 지금 한참 열애를 하고 있는 중이랍니다. 그런데 그 대상이 우리 국왕파의 딸이라는 것이지요."

왕비의 말을 들은 가이터 후작은 금방 이해를 하고 있었다.

그의 아들을 이용하여 바빌로니아 후작을 자신들의 편으로 끌어들이자는 이야기였다.

"흠, 과연 그 양반이 그렇게 해 줄까요?"

"호호, 자식 이기는 부모는 없다는 말이 있잖아요. 바빌로니아 후작에는 눈에 넣어도 아프지 않는 자식이 바로 세이돈이라는 아들이지요. 우리는 그 아들을 이용하여 후작을 우리 편으로 만들면 되요."

"알겠습니다. 일단 진행을 해 보겠습니다."

가이터 후작도 성공할지 모르는 일이지만, 그냥 있는 것보다는 낫다고 생각해 일을 꾸며 보기로 했다.

스카이나 왕국에서는 이렇게 새로운 음모가 진행이 되고 있었다.

6.
몬스터는 어디로 갔나?

브레인과 원정군은 아레아 영지를 찾기 위해 왔지만 아직도 몬스터는 구경도 해 보지 못하고 있었다.

브레인은 일단 진영을 만들라고 지시를 하였다.

진지가 없으면 나중에 전투를 벌여도 많은 피해를 입기 때문이었다.

브레인의 지시에 따라 진지를 구축하고 병사들은 그 안에서 생활을 하고 있었지만 마음이 편하지가 않았다.

"도대체 몬스터는 언제 오는 거야?"

"내가 아는가? 아직 몬스터를 찾지 못해 이러고 있는 것이니 말이야."

"이거 혹시 몬스터들이 브레인 대공 전하가 오시니 무서워서 도망을 간 것이 아닐까?"

한 병사의 말에 병사들의 얼굴에는 웃음이 터지고 말았다.

"으하하하, 그거 맞는 말이네. 대공 전하께서 오시니 진짜 몬스터들이 도망을 갔는지 보이지가 않으니 말이야."

병사들은 그렇게 말을 하면서 즐겁게 웃고 있었지만 귀족들과 기사들은 병사들과는 달리 지금 상당히 심각한 얼굴을 하며 회의를 하고 있었다.

"그대들은 이런 상황을 어떻게 생각하시오?"

브레인의 말에 귀족들과 기사들은 아무런 말을 하지 못하고 있었다.

자신들도 이런 경우를 당할 것을 생각도 하지 못하고 있었기 때문이다.

아이론 남작은 여러 가지의 상황을 분석하여 조심스럽게 입을 열었다.

"대공 전하, 혹시 이곳에 있는 존재가 흑마법사가 아닐까요?"

아이론 남작의 말에 귀족들과 기사들은 눈빛이 달라지

며 아이론 남작을 보았다.

흑마법사라면 대륙의 공적이었기 때문이었다.

고대 시대에 흑마법과 전쟁을 하려고 하는 바람에 대륙이 멸망을 하였다고 나와 있어 그 후로는 흑마법에 대해서는 가차 없이 죽음을 내리는 것이 대륙의 법이었다.

"흑마법이라… 흑마법사가 이곳에 있다면 우리를 이렇게 두고 보지는 않았을 것이오. 나는 흑마법은 아니라고 생각하오."

브레인은 아이론 남작이 흑마법에 대한 이야기를 할 때 속으로 뜨끔했지만 겉으로는 그런 내색을 하지 않고 진중하게 의견을 냈다.

브레인의 말에 기사들도 같은 생각을 하고 있는지 고개를 끄덕이고 있었다.

물론 일부의 기사는 아직도 의심을 하는 눈빛이었지만 대체적으로 흑마법이라는 생각은 하지 않는 것 같았다.

"하지만 지금의 상황을 설명하기 위해서는 흑마법이 아니고는 설명이 되지 않습니다. 대공 전하."

아이론 남작은 지금의 상황이 흑마법이 아니고는 이해가 가지 않았다.

브레인은 자꾸 흑마법이라는 말이 나오니 자신이 계속

반대만 한다면 이들이 이상하게 생각할 것 같았다.

"아이론 남작이 흑마법이라고 생각하니 일단 조사를 해 보도록 합시다. 만약에 흑마법이라면 이는 보통 심각한 문제가 아니니 말이요."

"예, 옳으신 판단이십니다. 대공 전하."

아이론 남작은 자신의 의견을 받아 주는 브레인이 정말 고마웠다.

아이론 남작의 발언에 조사단을 꾸미기로 정해졌다.

"그럼 내일부터 조사단을 만들어 조사를 하게 하는 것이 좋을 것 같소. 조사단의 단장은 피터 백작이 맡기로 하겠소. 만약에 흑마법사가 있다면 최소한 마스터가 있어야 조사단이 안전이 보장이 되기 때문이오. 이에 대해서는 다른 의견이 없는 것으로 알겠소."

"알겠습니다. 대공 전하."

"현명한 생각이십니다. 대공 전하."

이곳에 진지를 구축한 지도 이제 삼 일이 지나고 있으니 이들도 답답한 마음이었을 것이라는 생각이 들어 허락을 한 것이다.

사실 자신이 모든 일을 꾸몄지만 그렇다고 그런 사실을 말해 줄 수는 없는 일이었기에 일단은 두고 보는 중이었다.

몬스터들은 지금 아레아 영지만 피해 다른 곳으로 이동을 하고 있었다.

이는 브레인이 그렇게 하라고 지시를 하여서였다.

헤이론 왕국의 영지를 찾아도 다른 왕국의 영지는 찾을 수 없게 하려는 의도에서였다.

그래야 나중에 브레인이 모두 가질 수가 있기 때문이었다.

사실 몬스터의 대지라는 곳의 땅은 제국의 크기 정도 되는 엄청난 크기였다.

그렇게 커다란 곳을 브레인이 모두 가질 수는 없는 일이었다.

헤이론 왕국의 국왕이 약속을 한 것은 아레아 영지를 찾으면 영지를 자신에게 준다고 하였고, 그에 대한 지원은 왕국에서 해 주겠다고 공언을 하였으니 브레인이 무리를 할 필요가 없었다.

적당히 먹고 지원을 받아 영지를 발전시키고 있으면 인구는 늘어날 것이고 그때는 다시 영지를 더 넓히면 되기 때문이었다.

'흐흐흐, 국왕과 귀족들의 찌그러진 얼굴을 보고 싶

구나.'

브레인은 국왕과 귀족들의 얼굴에 인상이 써지는 것을 생각하니 즐거웠다.

자신을 두고 그런 말도 안 되는 계획을 짰다는 것이 괘씸했다.

자신은 왕국을 위해 진심으로 노력을 하였는데 그에 대한 보상이 이런 것이라면 과연 누가 왕국을 위해 전쟁을 하려고 하겠는가 말이다.

아침이 되자 피터는 조사단을 구성하여 떠날 준비를 하였다.

"우리가 조사를 하는 것은 흑마법에 대한 것이니 다른 것에는 신경을 쓰지 않았으면 합니다."

"백작님, 그 문제는 걱정하지 않으셔도 됩니다. 저희도 흑마법에 대한 문제가 알고 싶은 것이지 다른 부분에 대해서는 그리 관심도 없습니다."

이번 조사단에는 아이론 남작도 포함이 되어 있었다.

이번 조사단에는 모두 열 명의 인원이 선정이 되었는데 그중에 기사가 대부분이었고, 유일하게 아이론 남작이 조사단에 포함이 된 이유는 바로 흑마법에 대해 가장 많은 것을 알고 있어서였다.

물론 지식으로 알고 있는 것이지만 그래도 모르는 것보다는 났다고 생각하여 브레인이 포함을 시켜 주었다.

"그렇게 말해 주니 고맙소. 하지만 만약에라도 위험한 일이 생기게 되면 나의 지시에 따라 주기를 바라겠소."

"알겠습니다. 백작님."

피터가 브레인이 있으니 그렇지 브레인만 없으면 모든 사람의 관심을 받을 수 있는 인물이었다.

조사단은 그렇게 떠나게 되었고 너무 멀리는 가지 말라는 브레인의 말대로 주변만 살피고 돌아오기로 하였다.

아직은 몬스터의 습격에 대비를 해야 하기 때문에 스스로 조심을 하는 것이 좋았다.

조사단이 떠나고 남아 있는 사람들은 브레인의 지시로 진지에 대한 공사를 하고 있었다.

"우리가 머물고 있는 진지는 아직 보강을 해야 하니 대규모의 몬스터 침공에 대비하여 충분히 견딜 수 있는 그런 진지로 만들어야 한다. 기사들은 병사들과 진지를 만들어 나중을 대비하기 바란다."

"예, 대공 전하."

기사들은 크게 대답을 하고는 바로 공사를 준비하였다.

브레인의 말대로 대규모의 몬스터가 공격을 하게 되면

지금의 진지로는 견디지 못하기 때문이었다.

이제는 확실한 진지를 만들어 이곳에 새로운 보급처를 만들려고 하는 것으로 병사들도 부지런히 공사에 임하고 있었다.

헤이론 왕국의 프라임 요새에는 지금 새로운 손님들이 도착을 하고 있었다.

"어서 오십시오. 엔더슨 후작님, 제임스 백작님."

"알렝 자작, 브레인 대공 전하께서는 언제 출발을 하였소?"

"삼 일 전에 출발을 하셨습니다. 후작 각하."

엔더슨은 헤이론 왕국의 정식 귀족이었기에 알렝 자작도 아주 정중하게 대하고 있었다.

헤이론 왕국의 귀족이라면 엔더슨이 고위 마법사라는 것을 모르는 사람이 없었다.

지난 전쟁에서 공을 세워 후작의 작위를 받았기에 알렝 자작도 조심스럽게 대하고 있었다.

"우리가 온다는 연락을 받았소?"

"예, 이미 연락을 받았습니다. 이곳에 도착을 하시면 하루를 쉬게 하고 뒤를 따라오라고 하셨습니다."

엔더슨은 알렝 자작의 말을 듣고 대강 상황을 알 수가 있었다.

브레인이 가고 있는 곳은 몬스터의 대지이니 최대한 시간을 늦게 오라는 말이었기 때문이다.

엔더슨은 제임스를 보며 물었다.

"백작님, 어떻게 하시겠습니까?"

"오늘은 이곳에서 쉬고 내일 출발을 하자."

제임스는 아들의 친구인 엔더슨을 어려서부터 보아 왔기 때문에 반말을 하고 있었다.

알렝 자작도 대공의 아버지이니 반말을 하고 있다고 해서 별문제는 없었다.

고위 귀족이라고는 하지만 그것은 왕국에서나 가능한 일이었고 제국과는 또 달랐기 때문이었다.

제국의 백작이라면 왕국의 후작위와 같은 작위로 인정을 하고 있는 것이 보통의 대륙의 법이었다.

실지로는 공작의 작위로 대접을 받고 있었지만 말이다.

제임스는 엔더슨에게 이곳에서 하루를 보내고 가자고 하고는 바로 용병들이 있는 곳으로 갔다.

용병들은 제임스를 따라 이곳으로 이동을 하면서 제임스가 누구인지를 알게 되었다.

"이스마엘, 오늘은 여기서 묵고 내일 출발을 하도록 하자."

"그렇게 하지. 용병들은 이곳에서 야영을 하도록 할게."

지금 용병들이 있는 곳은 야영을 하기에는 가장 좋은 장소였기 때문에 하는 말이었다.

요새에 들어가지 않아서 그렇지 용병들이 생활하기에는 가장 좋은 장소였다.

"그렇게 하고 용병단의 간부들은 안으로 들어가서 있는 것이 어때?"

"아니야. 안에는 귀족들이 있으니 오히려 불편할 것 같아. 우리는 그냥 여기서 있는 것이 좋겠어."

"알았다. 나는 엔더슨하고 같이 안에 있다가 내일 나올게."

"알았어, 제임스."

이스마엘은 제임스와 있을 때는 반말을 하고 있다가 엔더슨이 있으면 존대를 해 주고 있었다.

대륙에 7서클의 마법사를 무시하고 살아남을 사람은 그리 많지가 않았기에, 엔더슨이 있을 때는 스스로 조심을 하고 있었다.

용병들은 엔더슨과 제임스의 관계를 알고 있어서 스스로 조심을 하고 있었다.

제임스는 용병들에게 인사를 하고는 바로 엔더슨이 기다리고 있는 곳으로 갔다.

엔더슨이 있는 곳에는 알렝 자작이 대기를 하고 있었다.

알렝 자작은 엔더슨과 제임스를 모시기 위해 기다리고 있었던 것이다.

브레인과 연관이 있는 사람들이었으니 알렝 자작이 소홀히 할 수가 없었기 때문이다.

"안으로 드시지요."

"고맙소."

제임스가 가볍게 인사를 하고 알렝 자작을 따라 안으로 들어가는 두 사람이었다.

두 사람이 안으로 사라지자 기사들은 용병들을 보고 불만을 터트리고 있었다.

"아니 용병들을 데리고 오는 이유가 뭐지? 설마 저들을 데리고 몬스터 대지로 가겠다는 것은 아니지?"

"내가 아는가? 그냥 편하게 생각하게."

"그래도 기분이 나쁘니 하는 말이지."

기사들은 용병들을 인간 취급을 하지 않고 있었다.

이들이 그러는 이유는 바로 몬스터가 침입을 할 때 용병들을 불렀는데 아무도 오지 않아서였다.

프라임 요새도 위험한 지역이라 용병들에게는 상당히 가지 싫어하는 곳이었기 때문이다.

그러니 기사들이 용병들을 좋아하지 않았고 용병들이 보이니 짜증을 내고 있었다.

이스마엘은 기사들이 그러는 이유에 대해 아주 자세히 알고 있어 스스로 용병들을 단속하고 있었다.

"여기 야영을 하면서 기사님들이 오면 조심하는 것이 좋겠다. 우리 용병들에게 그리 좋은 감정을 가지고 있지는 않을 것이니 말이다."

"알고 있습니다. 아마도 애들 스스로 조심하고 있을 것입니다."

"나중에 사고가 터지지 않게 단속을 하도록 해야 문제가 생기지 않을 거야."

이스마엘의 말에 용병들은 알았다고 하며 돌아갔다.

용병 생활을 하며 이런 일은 자주 있었던 일이라 이들도 그런 것에는 크게 신경을 쓰고 있지 않았다.

문제는 기사들보다는 병사들에게 있었다.

병사들은 같은 평민이었기 때문에 용병들이 병사들까지 피할 이유는 없어서였다.

"어이, 거기 용병. 조금 떨어져서 야영을 하지 그래."

한 병사가 시비를 걸고 있었지만 이미 말을 들은 용병은 병사가 무슨 말을 해도 신경을 쓰지 않고 묵묵히 일을 하고 있었다.

그러나 병사는 그런 용병이 마음에 들지 않는 표정을 지으며 용병이 있는 곳으로 다가왔다.

요새에는 많은 병사들이 있어서 병사도 용기가 났는지 용병에게 다가와서는 시비를 걸기 시작했다.

"내가 여기서 야영을 하지 말라고 해도 말을 듣지 않는 이유가 뭐야?"

병사는 용병을 보며 시비를 걸고 있었다.

용병은 병사의 시비를 그냥 참고 있었는데 이제는 도저히 참을 수가 없을 것 같아지자 용병의 눈빛이 갑자기 달라지기 시작했다.

용병의 눈빛이 갑자기 살벌하게 변하자 병사는 가슴이 덜컥하였지만 다른 병사들이 보고 있다는 생각에 없던 용기를 내기로 하였는지 용병을 보며 더욱 강하게 시비를 걸었다.

"아니 그런 눈빛으로 보면 어쩔 건데? 용병은 원래 다 그러냐?"

병사의 말은 조금 도가 지나치고 있었다.

"내가 잘못한 것이 있나?"

용병은 병사를 보며 입을 열었다.

그런데 그 눈빛에는 살기가 담겨져 있었다.

이번에 잘못된 답변을 하면 그냥 죽여 버리겠다는 듯이 말이다.

병사는 용병의 살기에 오금이 저리는 기분이었지만 이제는 어쩔 수 없는 일이 되어 버렸다.

"요… 용병놈이 감히 반말을 하고 있네. 그러니 평생 용병짓이나 하고 있지."

병사는 용병에게 시비를 걸기 위해 무슨 지시를 받은 것 같았다.

용병은 시비를 거는 병사를 묵묵히 보고 있다가 갑자기 몸에서 마나의 기운을 뿜어내고 있었다.

병사가 상대하고 있는 용병은 바로 용병왕인 파리엘이었다.

마스터의 경지에 오른 용병이라 어느 왕국이나 제국에서도 무시를 하지 못하고 있는 사람이 바로 파리엘이었다.

그리고 실지로 파리엘은 왕국에 가도 최소한 후작의 작위는 보장이 되어 있는 사람이기에 귀족들도 그런 파리엘에게는 실수를 하지 않고 있었는데 감히 병사가 이렇게 시비를 걸고 있었다.

파리엘의 마나에 병사는 숨을 쉴 수가 없을 지경이었다.

병사는 자신이 지나친 용기로 오늘 이 자리에서 죽게 되었다고 생각이 들자 진심으로 후회가 되었지만 이미 시간은 병사의 편이 아니었던 것이다.

야영지에서는 엄청난 마나를 뿜어내는 파리엘 때문에 용병들이 대거 몰려들었다.

"무슨 일이야?"

"누가 감히 우리 용병왕님께 시비를 거는 거야?"

용병들이 용병왕이라는 말을 하자 파리엘의 앞에 있던 병사는 서 있는 그 상태로 기절을 하고 말았다.

'헉! 용병왕이라니…….'

병사는 길게 생각지도 못하고 그 상태에서 놀라 기절을 하고 말았다.

병사의 주변에는 다른 병사들이 모여 있었는데, 용병왕이라는 말에 아무도 나서는 이가 없었다.

병사들도 용병왕이 어떤 존재인지를 알고 있어서였다.

병사들의 뒤에 있던 기사들은 상황이 자신들이 생각과는 다르게 진행이 되자 당황하고 있었다.

기사들이 병사들을 내세워 용병들을 자극하였던 것이 이렇게 될 것이라고 생각지 못하고 있었는데 지금은 용병왕을 건드렸으니 이제 골치 아프게 생겨서였다.

용병왕은 자신들도 감히 함부로 할 수 없는 존재였으니 말이다.

"이거 일단 보고를 해야 하는 것 아냐?"

"아무리 용병왕이라고 해도 여기서는 어쩌지 못하겠지, 일단 조금만 더 지켜보고 결정하자고."

기사들은 그렇게 조금은 편하게 생각하고 있었지만 제임스는 엄청난 마나의 기운에 용병왕에게 무슨 일이 생겼다는 것을 짐작하고는 갑자기 엔더슨을 찾았다.

"엔더슨, 지금 용병들이 있는 곳에 무슨 일이 생겼는지 알아보게."

"알겠습니다. 제가 알아보고 오겠습니다."

엔더슨은 제임스가 용병들을 어떻게 생각하고 있는지를 알고 대답을 하고 있었다.

그리고 엔더슨도 유일하게 용병왕에게는 존칭을 하고

있을 정도로 그의 위치는 다른 용병과는 차원이 달랐다.

이번에 용병왕이 따라오게 된 이유는 바로 제임스 때문이었는데 용병왕과 결전을 해도 무승부를 이룰 만큼 대단한 실력을 가졌기에, 브레인을 따르는 마스터들과 대련을 해 보려고 따라온 것이다.

엔더슨의 입장에서도 용병왕은 손님으로 받아 주고 있는데 감히 어떤 놈이 그런 용병왕을 화나게 하였는지 조금은 열이 받았다.

엔더슨이 나가고 있었지만 이미 알렝 자작은 마나의 기운에 반응을 보이고 있었다.

"이거는 마스터의 기운인데?"

알렝 자작은 바로 기사를 보내 조사를 하게 하였다.

이 정도의 기운이라면 누군가가 실수를 하였을 것이라는 생각이 들어서였다.

오늘 이곳에 오신 분들은 모두 자신에게는 중요한 분들이었는데, 그런 분에게 실례를 하였다면 이는 문제가 되기 때문이었다.

알렝 자작의 기사는 명령을 받고 바로 조사를 하였고 이번 일이 용병왕에게 시비를 걸려고 하는 병사 때문이라는 사실을 알게 되었다.

그런데 병사의 뒤에는 기사가 개입이 되어 있다는 사실을 알고는 조금 곤란한 입장이 되었다.

"허어, 이 일을 어쩌지?"

"나도 골치 아프네. 이거 자작님께 보고를 했다가는 여러 기사 잡을 것 같네."

이들도 알렝 자작이 브레인과 친분이 있는 사람을 어찌 생각하고 있는지를 알고 있었다.

그리고 자신들도 브레인과 친분이 있는 사람들을 대우하고 있었고 말이다.

기사들에게 브레인과 그를 따르는 마스터들은 대단한 존경을 받고 있어서였다.

기사들이 그러고 있을 때 엔더슨이 나오고 있는 것이 눈에 보였다.

"헉! 저기 오시는 분이 엔더슨 후작 각하가 아니신가?"

"정말이네. 아마도 이번 일을 조사하기 위해 나오신 것 같은데, 이거 골치 아프게 생겼네."

기사들은 이번 일을 조용히 해결하려고 하였지만, 엔더슨이 직접 조사를 나온 이상 그렇게 해결을 할 수가 없다는 사실을 알았다.

엔더슨은 왕국의 대마법사이고 브레인의 측근이라고 알

려져 있는 인물이었다.

이미 국왕에게 직접 후작의 작위를 받은 엔더슨을 무시할 수 있는 사람은 요새에 없었다.

엔더슨은 용병들이 있는 곳으로 이동을 하다가 기사들이 있는 것을 보고는 알렝 자작도 마나의 기운을 느끼고 기사들을 보낸 것으로 알고는 이내 용병들이 있는 곳으로 갔다.

"후작 각하, 어서 오십시오."

"이스마엘, 무슨 일이오?"

엔더슨이 직접 올 것이라고는 생각지 못했던 이스마엘도 조금 곤란한 얼굴을 하고 있었다.

그때 파리엘이 직접 엔더슨이 있는 곳으로 왔다.

"엔더슨 후작 각하. 어서 오십시오."

"파리엘 경 무슨 일이 있는 것입니까?"

엔더슨은 이미 귀족이라고 할 수 있는 용병왕이기 때문에 경이라는 호칭을 사용하고 있었다.

이는 대륙의 모든 귀족들이 마스터에 대한 예의였다.

파리엘은 일이 생각보다는 커졌다는 것을 직감하고는 사실 그대로 이야기를 해 주었다.

한참의 시간 동안 파리엘의 이야기를 들은 엔더슨의 얼

굴은 서서히 굳어지고 있었다.

감히 기사도 아닌 일개 병사가 그런 행동을 하였다는 것은 이미 지시를 받았다고 보아도 무방해서였다.

그리고 엔더슨이 화가 나는 것은 다른 것이 아니고, 자신과 함께 온 용병이었는데 이런 대접을 하고 있었다고 생각하니 브레인을 무시하였다는 생각이 들어서였다.

"미안합니다. 내가 지시를 한다고 했는데 이런 일이 생기다니 정중히 사과를 하지요. 파리엘 경."

엔더슨이 정중하게 머리를 숙이며 사과를 하자 파리엘도 조금은 놀란 얼굴을 하였다.

하지만 파리엘이 놀란 것과는 비교도 되지 않게 알렝 자작이 보낸 기사들이 놀라고 있었다.

엔더슨 후작이 사과를 하고 있는 모습을 보고는 이거 일이 터져도 크게 터졌다는 생각이 들어서였다.

"저기 보게, 엔더슨 후작 각하께서 사과를 하시고 계시는 것 같네."

"이거 정말 일이 크게 되었는데 어쩌지?"

두 기사는 이번 일이 생각보다는 파장이 커질 것 같아 걱정이 되었다.

자신들도 기사이기 때문에 동료들이 다치는 것을 좋아하지는 않아서였다.

엔더슨은 용병들과 헤어져 바로 알렝 자작이 있는 곳으로 찾아가고 있었다.

병사들의 뒤에서 지시를 한 기사는 엔더슨이 나온 것을 보고 걱정스러운 눈빛을 하고 있었다.

그런데 그런 엔더슨이 직접 머리를 숙이며 사과를 하는 모습을 보게 되니 자신들이 실수를 해도 크게 하였다는 것을 알게 되었다.

"이봐, 잭슨. 이거 일이 이상하게 진행이 되는 것 같은데."

"나도 용병왕이 이곳에 왔을 것이라고는 생각도 하지 못했어. 엔더슨 후작이 직접 사과를 하는 것을 보니 이거 정말 일이 크게 번지게 생겼는데 어떻게 하지?"

기사들은 엔더슨이 사과를 하는 것에 크게 걱정이 되었다.

알렝 자작이 브레인 대공을 어떻게 생각하고 있는지를 모르는 기사들은 없었기에 걱정이 되었다.

"일단 병사들을 단속하자."

"그렇게 하세."

기사들은 나중의 문제 때문에 일단 병사들을 단속하여 자신들이 개입된 사실을 감추려고 하였다.

하지만 이들이 모르는 것이 있었으니 바로 알렝 자작의 지시로 이미 모든 조사를 마쳤다는 것을 말이다.

엔더슨은 알렝 자작에게 가서 이번 일에 대한 것을 따지려고 하였다.

브레인의 손님에게 이런 실례를 하였다는 것은 절대 용서를 할 수 없는 일이기 때문이었다.

알렝 자작의 기사들은 엔더슨이 자작에게 가는 모습을 보고는 자신들이 더 빨리 보고를 해야 한다는 생각에 눈썹이 휘날리도록 달렸다.

"헉, 헉, 자… 작님."

"무슨 일인데 그렇게 숨이 차게 달려온 것인가?"

기사는 잠시 숨을 차분하게 하기 위해 크게 쉬었다.

"자작님. 지금 엔더슨 후작 각하께서 이리로 오시고 계십니다. 그런데 그 이유가……."

기사는 이번 일에 대한 보고를 자세히 하고 있었다.

알렝 자작은 보고를 받으면서 인상이 점점 차가워지고 있었다.

그리고 마지막으로 하는 기사의 말에 알렝 자작의 눈도

놀라고 있었다.

자신의 기사들이 시비를 걸려고 한 존재가 바로 용병왕이라는 말 때문이었다.

브레인이 대단한 존재이기는 하지만 그의 아버지가 용병왕을 데리고 올지는 생각도 못했던 일이었다.

용병왕이라는 존재는 모든 나라에서 이미 귀족으로 인정을 해 준 사람이었다.

그것도 작위가 최소한 후작의 작위로 인정을 하고 있는 사람인데 그런 사람에게 실례를 하였다고 하니 알렝 자작으로서도 대책이 서지 않았다.

"도대체 기사들에게 무엇을 말했는데 그런 일이 생겼단 말인가? 그리고 용병왕에게 그런 실례를 하였다는 것은 우리 왕국의 명예를 망치는 것을 모르고 있는 것인가?"

용병왕이 귀족으로 인정을 받고는 있지만 아직 나라가 정해지지 않았기에 타국의 귀족으로 대하고 있었다. 헤이론 왕국에서 그런 용병왕에게 실례를 하였다는 사실이 만약에 알려지기라도 하면 이는 왕국의 망신이기 때문이었다.

그 책임자인 자신도 그냥 넘어갈 수가 없는 일이었기

에, 알렝 자작이 이렇게 화를 내고 있었다.

“자작님, 우선은 엔더슨 후작 각하께 어떻게 말을 하실 것인지 대책을 세우시는 것이 급합니다.”

엔더슨이 이곳으로 오고 있다는 말에 알렝 자작은 고민이 되었다.

후작에게 무슨 말을 해야 기분을 풀 수가 있는지를 아무리 생각해도 방법이 없어 보였다.

“자네는 엔더슨 후작 각하께 어떻게 말을 해야 하겠는가?”

“저도 잘 모르겠습니다. 일단은 병사들이 시비를 건 것이니 그렇게 말을 하시고 자세히 조사를 하겠다고 하시는 것이 좋을 것 같습니다.”

“엔더슨 후작 각하가 누구인지를 모르고 하는 말인가?”

기사는 알렝 자작의 말을 듣고 아차 하는 생각이 들었다.

엔더슨은 대마법사이자 브레인의 측근인 존재였다.

그런 인물에게 거짓으로 대했다가는 나중에 그 후한을 누가 감당한다는 말인가?

기사는 알렝 자작이 걱정하는 것이 무엇인지를 깨달았다.

작은 실수가 이렇게 크게 될지는 아무도 몰랐지만 지금은 가장 빠르게 사건을 수습하는 것이 중요했다.

"자작님, 어쩔 수 없이 사실을 말하는 것이 좋겠습니다. 브레인 대공 전하가 개입이 되어 있다면 이는 나중에 더욱 크게 일이 발생할 수도 있으니 말입니다."

기사는 엔더슨과 브레인의 관계를 생각하고는 알렝 자작에게 말하고 있었다.

브레인이 비록 지금은 몬스터의 대지에 들어가 있지만 만약에 일이 있어 사고가 난다고 해도 최소한 자신의 목숨은 살려 나올 수 있는 실력자였기에 추후의 일도 생각을 해야 했다.

알렝 자작은 결심을 하였는지 얼굴이 굳어지고 있었다.

"어쩔 수 없지."

알렝 자작이 무슨 결심을 하였는지는 모르지만 기사는 그런 자작을 보며 이번 일은 그냥 넘어가지 않을 것이라는 느낌이 강하게 들었다.

"자작님, 엔더슨 후작 각하께서 오셨습니다."

"안으로 모시게."

알렝 자작의 대답에 문이 열리면서 엔더슨이 안으로 들어오고 있었다.

알렝 자작과 기사는 황급히 일어서며 정중하게 인사를 하였다.

"어서 오십시오. 후작 각하."

"후작 각하, 어서 오십시오."

두 사람은 정중하게 인사를 하였고, 엔더슨은 두 사람의 인사는 받지 않고 자신이 찾아온 본론을 먼저 꺼냈다.

"내가 지금 여기에 온 이유를 아시겠소?"

"예, 알고 있습니다. 후작 각하."

"그러면 어찌 처리를 하실 생각이시오?"

"제가 알아서 수습을 하겠습니다. 조금만 시간을 주십시오."

엔더슨은 알렝 자작에 대해 브레인에게 들었기 때문에 최대한 존중을 해 주고 있었다.

나중에 브레인의 수하가 될 수도 있는 인물이라고 생각해서였다.

하지만 공은 공이고 사는 사였다.

"이번 일은 우리 대공 전하께서도 개입이 되어 있는 일이니 그 점을 명심하고 일을 처리해 주시기 바라겠소."

엔더슨은 브레인의 이름을 팔면서 처리해 줄 것을 부탁하니 알렝 자작도 얼굴이 굳어지고 말았다.

자신도 어느 정도는 생각하고 있었는데 진짜로 브레인이 이번 일에 개입이 되어 있다는 말을 들으니 자신의 기사들이 지나쳤다는 것을 깨달았다.

자신은 기사에게 징벌을 주는 수준에서 마무리를 하려고 하였는데, 이렇게 되면 상황이 달라져서 고민이 되었다.

알렝 자작의 옆에 있던 기사도 엔더슨의 발언에 속으로 많이 놀라고 있었다.

'이런 일이 생각보다 크게 벌어졌네. 이거 골치 아프게 생겼네.'

기사는 동료가 이번 일에 개입이 되어 있다는 것을 알고 있기 때문에 자신의 동료들이 다치게 생겼다고 생각하니 걱정이 되었다.

"알겠습니다. 제가 처리를 하겠습니다. 후작 각하."

"알겠소. 알렝 자작을 믿고 돌아가겠소."

엔더슨은 그렇게 말을 하고 돌아갔다.

이제는 알렝 자작이 알아서 처리할 것으로 믿고 말이다.

알렝 자작은 엔더슨이 나가자 기사를 보며 화가 잔뜩 난 얼굴로 말을 하였다.

"당장에 이번 일에 개입이 된 기사들을 모두 잡아 오도록 하라."

"자작님, 이번에 기사들이 개입이 되기는 했지만 그 인원이 많습니다. 그들을 모두 잡아 오라는 말씀이십니까?"

"모조리 잡아들이게. 이번에 확실히 기사들의 군기를 세워야겠네."

알렝 자작은 자신이 요새의 사령관으로 있는 곳에서 일어난 일이라 그 책임은 모두가 자신이 져야 한다는 것을 알고 있었다.

그리고 그동안 몬스터를 상대하며 전투를 하는 기사라 조금은 풀어 주었더니 이런 사고가 발생하였다는 생각이 들어 이번에 기사들의 군기를 확실히 잡으려고 생각하였다.

자작의 부관이자 기사인 메트로는 기사들이 이번에 조금 고생을 하게 생겼다는 생각이 들자 이번에 개입이 된 기사들을 모두 그냥 두지 않을 생각이었다.

'이 빌어먹을 놈들, 일을 하려면 정확한 정보를 알고서

해야지 이따위로 일을 하다니 그냥 두지 않겠다.'

메트로는 기사들이 그놈들 때문에 고생을 할 생각이 나자 자신도 기사들과 함께해야 한다는 생각에 화를 내고 있었다.

용병들에게 시비를 걸라고 하였던 기사들은 모두 잡혀서 알렝 자작의 앞에 끌려왔다.

알렝 자작은 자신의 앞에 있는 기사들을 보며 한숨이 나왔다.

무려 열 명의 기사가 이번 일에 개입이 되어 있다는 사실이 알렝 자작을 열 받게 하고 있었다.

"내가 그대들에게 기사로 본분을 다하라는 말을 하지 않았는가?"

기사들은 이미 사건의 대해 알고 있었는지 모두들 고개를 숙이고 있었다.

"내가 아무리 말을 하여도 기사들이 듣지 않고 있다면 이는 명령을 따르지 않는 것과 같은 일이다. 그러니 너희들은 모두 명령 불복종에 해당하는 죄를 지은 것이다."

알렝 자작의 말에 기사들은 깜짝 놀라고 있었다.

명령 불복종이라는 죄는 군대에서는 엄청난 죄에 해당

하는 것이라 최소한 사형을 당하는 죄에 해당했기 때문이다.

알렝 자작의 말에 메트로도 놀라는 얼굴을 하고 자작을 보았다.

요새에 있는 기사들은 이번 사태에 대해 어떤 처벌을 당할 것인지를 보기 위해 모였는데 일이 자신들이 생각하는 것과는 다르게 되고 있다는 것에 놀라고 있었다.

"자작님, 저희들이 실례를 한 것은 사실입니다. 하지만 그런 작은 실수로 명령 불복종이라는 것은 말이 되지 않습니다."

한 기사가 강력히 항의를 하였다.

알렝 자작은 기사가 항변을 하기를 기다리고 있었는지 기사의 항의에 바로 대답을 해 주었다.

"좋다. 그러면 너희들이 실수를 한 대상이 누구인지 알고 있겠지? 나는 이번 일을 그 당사자가 직접 처리를 해 주라고 할 것이니, 너희는 그 사람에게 가서 직접 해명을 하고 이번 일을 마무리하도록 해라."

알렝 자작의 말에 기사들의 얼굴은 자동으로 우그러들고 말았다.

자신들이 실수를 한 상대는 용병왕이었고, 그 사람은 각

나라에서 후작에 해당하는 작위를 인정받은 귀족이었다.

물론 정식 귀족은 아니었지만 이미 귀족이라는 인정을 받은 사람이니 기사들이 실수를 한 것은 귀족의 명예를 손상한 것이 되기 때문이다.

그리고 가장 중요한 것이 이들이 바로 브레인 대공의 손님이라는 것이다.

브레인의 손님에게 무례를 범했으니, 이는 브레인 대공의 명예도 손상이 되는 일을 한 것이 돼 기사들의 입장에서는 죽어도 할 말이 없는 상황이 되었다.

엔더슨 후작이 이번 일에 대한 조사를 명확히 해 달라고 부탁을 하였다는 소식은 이들도 들었기 때문에, 알렉 자작이 이번에는 그냥 넘어가지 않을 것이라고 생각은 하고 이 자리에 온 것이지만, 자신들의 생각과는 전혀 다른 결과가 나오고 있으니 기사들도 당황하기 시작했다.

"자작님, 기사들이 실례를 범한 것은 사실이지만 이들은 그동안 요새에 있으면서 많은 공을 세운 사람입니다. 한 번만 이들에게 기회를 주셨으면 합니다."

메트로는 이대로 있다가는 기사들이 죽는 것이 눈에 보였기에 자작을 설득하기 위해 자신이 나선 것이다.

"자네는 이들이 반성을 하고 있다고 생각이 드는가? 나는 아니라고 보는데, 그리고 자신들이 무슨 실수를 하였는지도 모르는 기사를 과연 기사라고 할 수 있겠는가?"

알렝 자작이라고 해서 기사들을 죽이고 싶은 마음이 있겠는가?

알렝 자작도 기사들에게 실수를 하였으니 사과를 하고 조용히 일을 마무리하고 싶었지만 지금은 그렇게 일을 처리할 단계가 아니었다.

이미 엔더슨이 강력하게 기사들을 단죄해 달라고 부탁을 한 이상 무사히 끝이 날 수는 없게 되어서였다.

"저도 기사들이 실수를 한 것은 인정을 합니다. 하지만 이들을 그렇게 죽일 수는 없지 않습니까. 이번만 자작님이 용서를 해 주시기를 바랍니다."

요새에 속해 있는 기사였기에 그 죄를 벌하는 것은 알렝 자작의 몫이었다.

문제는 엔더슨이 그냥 넘어가는 것인지가 걱정이 되었지만 말이다.

"이번 사건은 그대들이 단순이 용병들이 싫어 그런 것이라면 문제가 되지 않지만, 문제는 용병왕에게 그대들이 직접 무뢰를 범하였다는 것과 그가 브레인 대공 전하의 손님이라는 것이다. 왕국의 대공 전하의 손님에게 무뢰를 범하였으니 이는 대공 전하에게 무뢰를 범한 것과 같기 때문이다. 내가 하는 말이 무슨 뜻인지 알겠는가?"

알렝 자작이 아주 자세히 이들이 무슨 잘못을 하였는지를 말해 주니 기사들의 얼굴은 창백해지고 말았다.

자작의 말대로라면 자신들은 브레인 대공에게 실례를 한 것이고, 이는 절대 대공의 입장에서는 그냥 두고 볼 수는 없는 일이었기 때문이다.

그리고 이곳에는 그 대공의 측근인 엔더슨 후작이 남아 있었다.

그러니 기사들은 단순히 용병이 싫어 장난을 친 것이 아니고, 이제는 엄청난 잘못을 한 것으로 변해 있었던 것이다.

"자… 자작님 저희들은 절대 그런 의도로 한 짓이 아닙니다."

"그렇습니다. 저희는 그냥 용병들이 보기 싫어 그런 것이지 대공 전하께 실례를 하려고 한 것이 아닙니다."

기사들은 처음에는 자신의 잘못을 인정하지 않으려고

하였다가 알렝 자작이 직접 자신들의 잘못을 지적해 주자 이번 일이 얼마나 크게 만들어졌는지를 알게 되었다. 그러자 정말 자신들은 그런 마음이 없었다는 것을 알려 무고함을 알리고 싶었다.

하지만 문제는 엔더슨이 직접 알렝 자작을 찾아 이번 사건에 관계된 기사들을 처벌하라는 지시를 내렸다는 것이다.

명색이 왕국의 후작이고 브레인의 측근이니 알렝 자작도 어쩔 수 없이 기사들을 처벌할 수밖에 없었다.

"내가 그대들을 용서하고 싶어도 이미 엔더슨 후작 각하께서 그대들의 처벌을 하라는 지시를 하고 가셨기 때문에 나도 어쩔 수가 없다. 그대들이 용서를 받고 싶으면 직접 엔더슨 후작 각하를 찾아 용서를 받도록 하게."

알렝 자작의 선에서 해 줄 수 있는 방법은 기사들이 직접 찾아가 용서를 받을 때까지 잠시 처벌을 보류하는 것이었다.

이는 귀족의 명예와 연관이 되어 있으니 알렝 자작도 어쩔 수 없었다.

헤이론 왕국의 최고 귀족인 브레인 대공의 명예와 관련

이 있는 일을 일개 자작이 개입을 할 수는 없는 일이었기 때문이다.

기사들의 사건은 그렇게 엔더슨의 의도대로 처리가 되고 있었다.

7.
재회

프라임 요새에서의 일정을 마치고 제임스와 그 일행은 떠나는 날이 되었다.

요새에서는 이제 기사들도 용병들을 무시하는 일이 없어졌다.

엔더슨이 기사들에게 아주 호되게 야단을 쳤기 때문이다.

기사들은 알렝 자작의 말대로 결국 엔더슨을 찾아오게 되었고, 엔더슨은 이미 사건에 대해 알고 있으면서도 모르고 있는 것처럼 기사들에게 호통을 쳤다.

"너희는 기사라고 할 수 없는 사람들이다. 감히 왕국의 대공 전하의 손님에게 무례를 범하는 사람을 왕국의 기사라고 할 수 있겠느냐?"

엔더슨의 말에 기사들은 할 말이 없었다.

왕국의 영웅이신 브레인 대공의 손님에게 무례를 범했으니 이런 소리를 들어도 할 말이 없었기 때문이다.

"죄송합니다. 저희는 정말 그런 줄은 몰랐습니다. 부디 아량을 베풀어 주시기를 바랍니다. 후작 각하."

기사들은 모두가 한마음으로 사과를 하며 용서를 바라고 있었다.

엔더슨은 기사들이 자존심을 버리고 이렇게 찾아왔다는 것은 그만큼 브레인에 대한 생각이 남다르다고 생각하였다.

"그대들이 기사의 이름을 걸고 한 가지 약속을 해 주면 이번 일에 대해서는 그냥 넘어가도록 하겠다."

"무슨 약속을 말입니까?"

"앞으로는 용병이라고 해도 무시를 하지 않겠다는 약속을 해라. 그러면 이번 일은 그냥 덮어 두겠다."

엔더슨이 기사들에게 이런 약속을 하라는 이유는 앞으로 제임스가 용병들을 아레아 영지로 데리고 올 경우를 생각해서 하는 말이었다.

이들이 앞으로도 용병들에게 계속해서 이런 짓을 하게 되면 아레아로 오려는 용병들이 없을 것이기 때문이었다.

기사들은 용병들을 무시하지 말라는 엔더슨의 말에 바로 수락을 하고 있었다.

자신들이 생각하기에는 그리 어려운 약속이 아니기 때문이었다.

"알겠습니다. 약속하겠습니다."

"앞으로는 절대 용병들을 무시하지 않겠습니다."

기사들이 약속을 하자 엔더슨은 더 이상 기사들의 자존심을 건들이지 않기로 하였다.

"이제 그대들의 죄는 모두 사라졌으니 앞으로는 이런 일이 발생하지 않도록 해 주기 바란다. 사실 그대들은 모르겠지만 이번에 오신 손님 중에 브레인 대공 전하의 아버님이신 제임스 백작님의 친구분도 계셨다. 내가 이 말을 하는 이유를 그대들은 알고 있을 것이라고 생각한다. 모두 돌아가도 좋다."

엔더슨의 말에 기사들은 등에 식은땀이 흐르는 것을 느꼈다.

제임스 백작이라고 하면 이들도 알고 있는 인물이었다.

브레인 대공의 아버지이자 지난 전쟁에 혁혁한 전공을 세운 사람이었고, 이미 마스터라고 알려진 사람이었다.

그런데 그런 분의 친구가 용병들 사이에 있었다고 하니 기사들은 등골이 오싹한 기분이 들었다.

"감사합니다. 엔더슨 후작 각하."

"앞으로는 절대 이런 일이 생기지 않도록 주의하겠습니다. 후작 각하."

기사들은 정중하게 사과를 하고는 모두 돌아갔다.

프라임 요새에서는 기사들의 그런 일이 있고 나서는 용병들을 무시하는 사람은 아무도 없었다.

이는 병사들까지 기사들의 이야기를 전해 들었기 때문에 스스로 조심을 하고 있었기 때문이다.

프라임 요새에는 용병들 중에 대공 전하의 아버지인 제임스 백작의 친구분이 계신다는 소문이 서서히 퍼지고 있었고 누구인지를 모르니 스스로 용병에게 조심을 할 수밖에 없는 일이었다.

용병왕인 파리엘은 용병들을 대하는 태도가 하루아침에 달라져 조금 어리둥절하였지만 이내 제임스와 엔더슨이 무슨 조치를 취했다는 것을 알게 되었다.

프라임 요새의 입구에는 용병들과 함께 출발할 제임스와 엔더슨이 나와 있었다.

"후작 각하, 조심해서 가시기 바랍니다."

"고맙소. 나중에 보답을 할 시간이 있을 것이오. 알렝 자작."

"아닙니다. 무사하시기만 해도 좋은 소식입니다."

"하하하, 고마운 말씀이오. 이제 시간이 없으니 그만 가야겠소."

"알겠습니다. 나중에 뵙겠습니다."

알렝 자작은 엔더슨과 제임스를 극진히 대접을 하여 보냈지만 기사들이 실수를 하는 바람에 마음이 편치 않았다.

제임스와 용병들은 요새를 떠나 드디어 몬스터 대지에 첫발을 들이고 있었다.

지난 저녁에 엔더슨은 브레인에게 통신을 하여 출발을 한다고 보고를 하였기 때문에 마중을 나올 것이라고 생각하고 있었다.

용병들이 몬스터 대지에 들어오는 시간에 브레인은 아버지가 오늘 도착을 한다고 하여 알렉스와 기사단을 마중 보내고 있었다.

“알렉스, 기사단을 데리고 가서 아버지를 마중해 주고 용병들을 데리고 와.”

“제임스 님이 오시는 것입니까?”

“그래, 아버지가 불안해서 오시는 모양이야. 그러니 불편하시지 않게 잘 모셔.”

“알겠습니다. 대공 전하.”

알렉스는 자신이 지금처럼 되기 위해 도움을 준 사람에게는 항상 친절 봉사를 근본으로 삼고 있었다.

그러니 제임스는 당연히 그 대상자에 해당하는 인물이었고 말이다.

어려서부터 알고 있었던 사이였기도 하지만 자신들이 배운 검술의 기초는 모두 제임스가 알려 주었던 것이라는 것을 알고 있어서였다.

물론 브레인의 부모님이라는 것은 기본으로 자리를 잡고 있었지만 말이다.

알렉스가 기사단을 데리고 마중을 나가는 것을 보고 있던 귀족들은 조금 불편한 얼굴을 하고 있었다.

브레인만 있어도 걱정인데 이제 그보다 더 높은 분이 오셨으니 이들이 어찌 처신을 해야 하는지를 생각하니 불편하기만 했던 것이다.

"제임스 백작님을 어찌 대했으면 좋을지 걱정이오."

"여기 모여 있는 귀족들 중에 제임스 백작님보다 높은 귀족이 누가 있소? 그러니 그냥 편하게 대하도록 합시다."

그레이스는 이제 브레인의 열렬한 팬이 되어 있었기에 하는 말이었다.

국왕에게 배신을 당한 것을 알고 나서부터는 브레인의 말이라면 절대적으로 신봉을 하는 광신도 같이 변해 버렸다.

귀족은 그레이스가 하는 말을 들으니 틀린 말은 아니라는 생각이 들었는지 얼굴이 조금은 펴지고 있었다.

"그렇게 합시다. 어차피 우리가 어찌한다고 해서 해결이 되는 문제는 아니니 말입니다."

귀족들은 모두가 일치된 의견으로 제임스를 그냥 상위 귀족으로 대하기로 정하고 있었다.

이들의 수장은 브레인이지 제임스가 아니기 때문이었다.

브레인은 귀족들의 이런 상황을 모르고 있었지만 대강은 짐작을 하고 있었다.

자신의 아버지이니 귀족들이 대하는 것이 불편할 것이

라고 생각을 하고 있었다.

하지만 자신이 어찌해 줄 수 있는 문제가 아니기에 그냥 두고 보고 있었다.

저들이 스스로 해결책을 찾아야 하기 때문이었다.

진지에 남아 있는 사람들과는 달리 조사단은 지금도 몬스터 대지를 헤매고 있었다.

"백작님, 이곳에는 몬스터의 그림자도 보이지 않습니다."

"여기도 그렇습니다."

"몬스터들이 모두 어디로 도망이라도 간 것인가? 어째서 우리가 가는 길에는 모든 몬스터들이 모두 사라지고 없다는 것인가?"

피터의 말에 기사들은 벙어리가 되고 말았다.

자신들도 조사를 하기 위해 열심히 몬스터를 찾았지만 아직 발견한 몬스터가 없으니 다른 말을 할 수는 없었다.

"백작님. 이렇게 있다가는 몬스터를 구경하는 것은 더 어려울 것 같습니다. 조금 무리를 해도 멀리까지 가서 조사를 하는 것이 좋을 것 같습니다."

아이론 남작의 말에 피터도 동감을 하고 있었지만, 떠

나기 전에 브레인이 단단히 당부한 말이 생각나서 잠시 생각에 빠졌다.

브레인은 떠나기 전에 자신을 불러 조용히 해 준 말이 있었다.

"피터. 이번 조사단의 책임자로 따라가서 저들이 조사를 하는 것에 도움을 주도록 하고 저들의 안전에 대한 것을 책임을 져야겠다. 하지만 만약에 조사를 해도 문제가 없으면 더 이상 멀리 가지는 말고 바로 돌아와야 한다. 멀리 가는 것은 그대들만의 힘으로는 불가능하기 때문이니 이 점을 명심하고 알겠지?"

피터는 브레인이 당부한 말이 생각나자 아이론 남작을 바라보았다.

이들은 무언가 수상하다고 생각하고 있는 것이 있기는 했지만 자신이 직접 조사를 해 보니 이상한 정도가 아니었다.

몬스터의 대지에 대한 보고는 프라임 요새에서도 들었지만 한 달에 한 번은 공격을 받는 요새였는데, 어째서 자신들이 들어오니 단 한 마리의 몬스터도 보이지를 않는 것인지가 궁금해졌다.

피터가 한참의 시간 동안 고민을 하는 모습을 보고 있던 아이론 남작은 다시 입을 열었다.

"백작님, 우리는 조사를 하기 위해 온 사람입니다. 이렇게 아무 성과도 없이 돌아간다는 것은 우리의 명예에도 관련이 있게 될 것입니다. 조금 멀리 가서 만약에 몬스터를 발견하게 되면 바로 돌아오면 되지 않겠습니까?"

아이론 남작은 피터가 지금 갈등을 하는 것이라고 생각하고 하는 말이었다.

피터는 아이론 남작의 말에 결국 조금 멀리 이동을 하기로 마음의 결정을 하고 말았다.

"좋소. 남작의 말대로 몬스터를 발견하게 되면 바로 돌아오겠다는 약속을 해 주면 가도록 하겠소."

피터가 이리 말을 하는 이유는 아이론 남작이 기사가 아니기 때문이었다.

기사들이야 몬스터를 만나도 죽을 염려가 없었지만 문제는 아이론 남작은 여기에 있는 기사들의 일검도 받지 못하는 사람이기 때문이었다.

"알겠습니다. 약속해 드리겠습니다. 저의 이름을 걸

지요."

아이론 남작의 말에 피터는 약간 안심이 되는 얼굴을 하였다.

아이론 남작은 참모로 적당한 사람이라 앞으로 브레인에게 중요한 사람이 될 수도 있다고 생각하고 있었기 때문에 죽게 만들 수는 없어서였다.

피터는 조사단을 데리고 조금 멀리 이동을 하기 시작했다.

결국 이들은 브레인이 지시를 어기고 있는 중이었다.

피터와 조사단은 브레인이 왜 멀리 가지 말라고 하였는지를 모르니 이런 결정을 내린 것이지만 만약에 브레인이 알게 되면 아마도 이들은 명령을 어긴 죄로 좋지 않는 일이 생길지도 모르는데 말이다.

한편 제임스를 마중 나간 알렉스는 기사들과 천천히 이동을 하고 있었다.

혹시나 몬스터의 공격을 조심하면서 이동을 하고 있었다.

"백작님, 저기 용병들이 보입니다."

한 기사가 알렉스에게 보고를 하고 있었지만 알렉스는 이미 이들보다 먼저 확인을 하고 있었다.

"모두 제임스 님을 마중할 준비를 하도록 해라."

"예, 백작님."

무적 기사단은 제임스가 브레인의 아버지라는 사실을 알고 있기에 최대한 정중하게 맞이하기 위해 준비를 하였다.

제임스는 전방에 보이는 기사단이 무적 기사단이라는 것을 알아보았다.

"엔더슨, 저기 무적 기사단이 마중을 나온 것 같은데."

"예, 알렉스와 기사단이 마중을 나왔습니다."

두 사람은 용병들과 함께 기사단이 있는 곳으로 갔다.

기사단은 제임스를 모고 최대한 힘차게 인사를 하였다.

"어서 오십시오. 제임스 님."

"환영합니다. 제임스 님."

알렉스와 기사단의 인사에 제임스는 흐뭇한 미소를 지으며 대답을 해 주었다.

"고맙네. 이렇게 기사단이 마중을 나올지는 몰랐네."

"아닙니다. 저희가 당연히 마중을 나와야지요. 어서 가시지요. 대공 전하께서 기다리고 계십니다."

"알겠네. 가지."

제임스의 대답에 용병왕인 파리엘은 알렉스를 보고는 호승심이 생기고 있었다.

"나도 소개를 좀 해 주시기 바라오, 제임스 백작."

"아, 미안합니다. 알렉스 백작 여기는 용병왕이신 파리엘 경이시네."

용병왕이라는 말에 알렉스의 눈빛이 달라지고 있었다.

알렉스는 용병왕을 보며 어느 정도의 실력인지를 가늠하며 인사를 하였다.

"반갑습니다. 알렉스 백작이라고 합니다."

"반갑소. 파리엘이라고 하오."

용병왕의 나이가 많기도 했지만 작위로 따져도 위에 있기 때문에 반존대를 하고 있었다.

알렉스는 상대가 이미 마스터의 경지에 올라 있는 사람이니 자신도 인정을 하고 있어서 그런지 그 부분에 대해서는 다른 말을 하지는 않았다.

"명성은 들었습니다. 나중에 시간이 되시면 언제 한 번 대련을 하였으면 합니다."

"나도 같은 생각이니 시간을 만들어 봅시다."

파리엘은 알렉스의 말에 얼굴이 환해지며 반기고 있었다.

자신이 이곳에 온 이유가 바로 마스터들이 있었기 때문이고 이들과 대련을 하여 자신의 부족한 부분을 채워 주기 위해서였기 때문이다.

그런데 상대가 자신과 대련을 하자는 말을 하니 파리엘의 입장에서는 가장 원하고 있던 말이었기에 기분 좋게 대답을 하게 되었다.

알렉스는 제임스를 호위하면서 진지로 돌아가게 되었다.

제임스와 용병들은 진지가 있는 곳에 도착을 하자 문의 입구에서 브레인이 나와 있는 것을 보았다.

대륙에서 가장 명성이 높은 사람이 있다면 바로 브레인이었다.

"아버지, 어서 오세요."

"그래 힘들지 않냐?"

"예, 힘들기보다는 아직 정신이 없네요."

제임스는 용병왕을 브레인에게 소개를 하였다.

"너도 알고 있겠지만 여기는 용병왕으로 있는 파리엘 경이라고 한다."

브레인은 용병왕이라는 말에 파리엘을 날카로운 눈빛으로 보았다.

이미 상대가 오래전부터 마스터의 경지에 오른 인물이라는 소리를 들었기 때문이다.

파리엘은 브레인이 마스터라는 소리를 들었지만 자신을 보는 눈길에 소름이 끼치는 기분이 들었다.

"반갑습니다. 헤이론 왕국의 브레인이라고 합니다."

브레인은 아버지가 소개를 직접 하였기 때문에 최대한 예의를 지키고 있었다.

파리엘도 같은 작위의 사람이라면 모르겠지만 상대는 왕국의 대공위에 있는 귀족이었기에 조심스럽게 인사를 하였다.

"안녕하십니까. 용병왕으로 불리는 파리엘이라고 합니다. 대공 전하."

파리엘은 이미 브레인이 자신과는 비교도 되지 않는 실력자라는 것을 알고 있었다.

상대의 눈길에 소름을 느끼고 있다는 것은 이미 상대가 자신보다는 상급의 실력자라는 것을 의미해서였다.

"일단 안으로 들어가시지요."

제임스는 파리엘이 저렇게 정중하게 인사를 하는 것을 처음 보았다.

용병이라는 직업이 그렇지만 대부분이 정중하고는 거리

가 멀기 때문이었다.

'거참 신기하네. 브레인의 앞에서는 어떻게 저렇게 정중하게 예의를 차리는 것인지?'

제임스는 아직 브레인의 실력에 대해 자세히는 모르고 있어서 가지는 의문이었다.

이스마엘도 자신의 주군인 파리엘이 브레인 대공의 앞에서 주눅이 들고 있다는 사실에 속으로 많이 놀라고 있었다.

이미 마스터의 경지에는 먼저 도달했는데 저러는 경우는 상대가 더 높은 실력자라는 것을 의미해서였다.

'저 나이에 어떻게 저렇게 높은 실력이 되었을까?'

이스마엘은 자신도 노력을 하였지만 아직도 익스퍼트의 경지에서 벗어나지 못하고 있는데 나이도 어린 사람이 저렇게 높은 경지에 오를 수 있다는 것이 마음을 설레게 하고 있었다.

그리고 친구인 제임스를 바라보았다.

마치 나도 알려 달라고 하는 것처럼 애처로운 눈빛을 하고 말이다.

제임스는 이스마엘이 자신을 보는 눈길이 심상치 않자 속으로 조금 이상하게 생각이 들었다.

'저 친구가 갑자기 왜 저러는 거지? 혹시 이 친구가 남자를 좋아하는 거 아냐?'

제임스는 이스마엘이 아직 결혼을 하지 않았다는 생각이 들자 갑자기 온몸이 이상해지는 기분이 들었다.

제임스는 그런 생각이 들자 이스마엘의 눈길이 그렇게 부담스러울 수가 없었다.

그러니 제임스는 브레인의 옆으로 붙어서 가게 되었고, 이스마엘은 그런 제임스를 보며 약간은 서운한 감정마저 들었다.

'나도 저렇게 강해지는 비결을 알려 주면 금방 실력을 올라갈 수 있을 것인데.'

이스마엘은 제임스가 오해를 하고 있다는 생각은 하지 않고 자신에게 가문의 비결을 알려 주기 싫어 저러는 것으로 생각하고 있었다.

하지만 이내 귀족들이 가문을 어찌 생각하고 있는지를 생각하고는 이해를 하는 것으로 마무리를 하고 있었다.

제임스가 용병 생활을 하면서 얼마나 마나를 다루는 방법을 알려고 노력하였는지를 생각이 나서였다.

그만큼 가문의 비결은 누구에게도 알려 주지 않는 비밀

스러운 것이었다.

브레인은 제임스와 함께 거처에 앉아 이야기를 하고 있었다.

용병왕인 파리엘은 이미 알렉스가 보자고 하여 나가고 없었다.

"아버지, 용병들의 수가 그리 많지가 않은 이유는 무엇이에요?"

브레인이 듣기로는 용병들이 제법 많다고 들었는데 직접 보니 그리 많은 수가 아니라는 생각이 들어서 하는 말이었다.

"지금의 수도 용병들 중에서는 많은 수다. 하지만 용병왕이 이곳에 있다는 소문이 나기 시작하면 아마도 지금의 다섯 배는 더 몰려오게 될 것이다."

제임스의 말에 브레인은 솔직히 조금 놀라고 있었다.

용병왕이라는 이름에 그렇게 많은 용병들이 몰린다는 것이 믿어지지가 않았다.

"에이, 아버지도 그런 말을 누가 믿어요."

"내가 아들에게 거짓말을 하겠느냐. 용병왕이라는 이름은 귀족들이 생각하는 이상으로 용병들에게는 대단한 것이다. 용병왕이 지시를 하는 것은 용병이라면 무조건 들어주어야 하는 것처럼 말이다."

용병이 되기 위해 길드에 용병 등록을 하게 되면 그 안에 있는 내용 중에 용병왕의 부탁을 한 번은 들어주어야 한다는 내용이 있었다.

보통의 용병들은 그냥 넘어가지만 만약에 진짜로 용병왕이 부탁을 하는 날에는 엄청난 용병들이 부탁을 이행하기 위해 움직이게 될 것이고, 이는 대륙의 모든 용병에게 해당하는 일이었다.

용병들이 대부분 결혼을 하지 않았지만 일부 용병들은 결혼을 하고도 계속 일을 하는 경우도 많았다.

"그러면 용병왕이 부탁을 해야 그렇게 많은 용병들이 몰려온다는 이야기잖아요."

"내 말은 용병왕의 부탁이 아니라도 용병들은 용병왕이 어디에 있느냐에 따라 움직일 수가 있는 존재라는 말이다."

제임스의 말대로 된다면 이는 엄청난 일이었다.

비록 실력이 부족하다고는 하지만 그래도 실전을 경험한 용병들이 대거 몰려든다면 자신이 영지를 운영하는 데에는 많은 도움이 되기 때문이었다.

"흠, 그러면 용병왕이 어디로 가지 못하게 잡아 두어야 한다는 말이네요?"

"그렇지, 그러나 여기는 용병왕이 원하는 사람들이 있어 쉽게 떠나지도 못할 것이다."

제임스는 용병왕이 지금 알렉스와 대련을 하기 위해 나가 있다는 것을 알고 하는 말이었다.

파리엘이 원하는 것은 바로 마스터끼리의 대련이었는데 이곳에는 파리엘이 원하는 모든 조건이 충족되어 있는 곳이니 쉽게 떠나지 못할 것이라는 것이 제임스의 생각이었다.

브레인도 아버지의 말을 듣고 용병에 대해 다르게 생각하게 되었다.

브레인은 용병이라는 세계에 대해서는 아는 것이 없으니 그저 몸을 팔아 생활을 하는 생계유지의 직업이라고 생각하고 있었는데, 이제 보니 그런 것이 아니라 나름대로 체계가 있는 곳이라는 것을 알게 되었다.

브레인의 생각에 변화가 생기는 것은 앞으로 용병들의 대접도 달라질 수 있는 일이었다.

알렉스는 파리엘과 지금 대련을 위해 연무장에 마주 서고 있었다.

"준비가 되셨으면 먼저 공격을 하겠습니다."

"오시오. 나도 준비가 되었소."

알렉스의 검술은 공격적인 검술이라 방어를 하는 것과는 조금 다른 것이었다.

알렉스의 검은 보통의 검보다는 조금 크지만 바스타드 소드는 아니었다.

"챠앗!"

알렉스의 검에서 거대한 마나의 바람이 일어나며 주변을 휘감고 있었고 그 기운은 바로 파리엘을 향해 몰아치기 시작했다.

상대가 이미 마스터의 경지에 오른 인물이기에 처음부터 전력으로 공격을 시작하는 알렉스였다.

파리엘은 알렉스의 공격에 상대가 최선을 다하고 있다는 것을 느끼고는 급히 마나를 끌어올렸다.

파리엘도 마나를 끌어올려 검에 마나를 보내고 있었고 검에는 영롱한 색상의 오러 블레이드가 생성되고 있었다.

파리엘은 검으로 알렉스의 공격을 정면으로 막아 갔다.

꽝! 꽈꽈꽝!

엄청난 진동과 함께 자욱한 먼지가 일어났고 잠시의 시간이 지나 먼지가 가라앉자 주변의 풍경이 보이기 시작했다.

알렉스는 검과 함께 그대로 서 있었지만 파리엘은 제자리가 아닌 조금 뒤에 서 있었는데 그 얼굴이 상당히 난처한 얼굴을 하고 있었다.

파리엘의 입가에는 약간의 피가 흐르는 것을 보니 아마도 속에 내상을 입은 것 같아 보였다.

알렉스는 초반부터 강하게 공격을 하였지만 상대가 마스터라 충분히 방어를 할 수 있을 것이라 생각하였는데 이거는 한 번의 공격도 제대로 받지 못하고 있는 바람에 오히려 허탈한 기분이 들었다.

"알렉스 백작의 검이 무섭다는 소문을 들었는데 지금 겪어 보니 정말 엄청난 힘이 섞인 검술이었소. 오늘은 내가 졌지만 다시 대련을 하게 되면 아마 지금과는 다른 상황이 되어 있을 것이오."

파리엘은 알렉스의 공격을 정면으로 막은 것이 부상을 입게 하였다는 것에 사실 자존심이 상했다.

하지만 상대는 자신에게 예의를 지키기 위해 최선을 다해 공격을 해 주었고, 자신도 마스터라는 자존심에 정면으로 막은 것인데 그 힘과 파괴력에 놀라 이렇게 당하고 만 것이다.

아직 알렉스의 검술에 대해 아는 것이 없어서 당한 것이라고 할 수 있었다.

파리엘은 노련한 용병이었지만 아직 마스터라는 자존심은 버리지 못하고 있었기에 일어난 일이었다.

만약에 파리엘은 알렉스의 검을 정면이 아닌 다른 방법으로 상대하였다면 이처럼 황당하게 당하고 있지는 않았을 것이다.

파리엘은 자신의 실수를 깊이 반성하며 일단 승패의 결과는 겸허히 받아들이기로 했다.

알렉스는 파리엘의 말을 듣고 아직 상대가 전력으로 자신을 상대한 것이 아니라 단지 자신의 실력을 알아보기 위해 정면으로 막아 주었다는 것을 깨달았다.

"아닙니다. 제가 아직 경험이 없어 대련을 제대로 하지 못한 것 같습니다."

"허허허, 아니오. 내가 마스터가 되어 오늘처럼 기분 좋게 패배를 해 본 적이 없었소. 알렉스 백작은 정말 대단한 파괴력을 가진 검술을 익히고 있는 것 같소. 아직 모든 검술을 보지는 않았지만 대단한 검술이라는 것은 내가 보장하오."

파리엘도 첫 검에 당하기는 했지만 그래도 마스터이기

에 상대의 검을 보았고, 그 검술이 일반적인 검술이 아닌 고차원적인 검술이라는 것을 단번에 알아보고 있었다.

"저의 검술을 칭찬해 주셔서 감사합니다. 하지만 그런 칭찬은 저희 대공 전하께서 받으셔야 합니다."

파리엘은 알렉스의 말을 듣고는 지금 보여준 검술은 모두 브레인 대공이 알려준 것이라는 것을 알게 되었다.

"그럼 그 검술을 모두 대공 전하께서 알려 주신 것이라는 말이오?"

"예, 저희들의 모든 검술은 모두 대공 전하께 배운 것들입니다. 그래서 우리가 지금 이런 경지에 도달할 수가 있었고 말입니다."

알렉스의 말에 파리엘은 깜짝 놀라고 말았다.

대공의 나이가 어린 것으로 알고 있었는데 저런 실력자를 키울 수가 있다는 것은 이미 어느 정도의 경지를 벗어났다는 것을 의미하였기 때문이다.

파리엘은 확인을 하기 위해 살짝 다른 질문을 해 보았다.

"그럼, 브레인 대공 전하와도 대련을 해 보았소?"

"하하하, 저희가 대공 전하와 대련을 하기는 하지만 아직은 그분의 상대가 되지 못하고 있습니다. 대공 전하의 실력은 우리와는 차원이 다르니 말입니다."

알렉스의 대답에 파리엘의 눈에는 야릇한 빛이 스쳐 가고 있었다.

대륙에 마스터들이 있지만 저렇게 어린 나이에 마스터가 되는 경우는 아주 드물었다.

그런데 저런 마스터들이 수하로 있는 브레인에게는 남들이 모르는 특별한 방법이 있다는 것을 의미하기도 한다는 생각이 들어 파리엘의 눈빛이 빛나고 있었다.

자신은 마스터의 경지에 오르고 더 이상 발전이 없어 그동안 엄청난 고민을 하고 있었는데 이제 그 해결책이 보였기 때문이었다.

파리엘은 브레인만이 자신의 문제를 해결해 줄 수 있는 유일한 방법이라고 생각이 들었다.

'브레인 대공의 수하로 자리를 잡으면 나에게도 새로운 방법을 알려 주실까?'

파리엘의 머릿속은 지금 아주 복잡하게 돌아가고 있었다.

알렉스는 갑자기 무언가 생각에 빠져 있는 파리엘을 보고는 머리를 갸웃거렸다.

그런 알렉스를 보고 파리엘은 자신이 실수를 하였다는 것을 느끼고는 바로 웃음을 지으며 다른 쪽으로 말을 돌리고 있었다.

"하하하, 알렉스 백작의 검술이 파괴적인 것은 모두 브레인 대공 전하의 가르침이 있어서 가능했던 것이라니 정말 놀라울 뿐이오."

파리엘의 말에 알렉스는 금방 입이 벌어지고 있었다.

"그렇지요. 우리 대공 전하의 검술은 무적이라고 할 수 있습니다. 저희도 놀라고 있으니 말입니다."

알렉스는 브레인의 말에 대해서는 아주 본능적으로 대응을 하고 있을 정도였다.

파리엘이 브레인에 대해 좋은 방향으로 말을 하니 알렉스는 금방 파리엘을 아주 좋은 사람으로 인식을 하고 있었던 것이다.

파리엘은 그런 알렉스를 보고 조금 단순한 성격이라는 것을 알았지만 브레인에 대한 충성심은 절대적이라는 것을 알았다.

알렉스만 그런 것이 아니라 브레인을 따르는 수하들 대부분이 알렉스와 비슷한 증상을 보이고 있다는 사실을 파리엘이 모르고 있다는 것이 문제이기는 하였다.

브레인의 매력은 바로 이런 것이었다.

항상 수하들의 어려움을 챙겨 주니 수하들이 이를 보고 진심으로 브레인을 따르고 있게 되었던 것이다.

8.
조사단의 귀환

알렉스와 파리엘은 연일 대련을 하였고 이제는 파리엘도 알렉스의 패턴을 읽어서인지 그리 쉽게 패배하지는 않았다.

물론 아직도 힘에 밀리는 것은 어쩔 수 없는 일이었지만 말이다.

알렉스와 파리엘의 대련은 진지에 모여 있는 모든 사람들이 알고 있었고 때로는 구경을 하기도 했다.

두 사람의 대련은 기사들에게는 엄청난 도움을 주고 있었다.

마스터의 대련을 보게 되니 기사들은 스스로 더욱 강하

게 수련을 하기 시작하였기 때문이다.

기사들의 목표는 마스터가 되는 것이기 때문에 마스터의 대련을 보고는 이들도 강해지기 위해 목숨을 걸고 수련을 하기 시작하였던 것이다.

진지에는 이렇게 갑자기 수련의 열풍이 불기 시작했고, 브레인은 그런 상황을 보며 아주 좋은 일이라고 생각하였기에 그냥 보고만 있었다.

단지 걱정이 있다면 조사단이 떠난 지 시간이 지났는데도 돌아오지 않으니 무슨 일이 생긴 것이 아닌지 하는 걱정이 되고 있었다.

"아직 조사단에게서는 연락이 없는가?"

"예, 아직 연락이 온 것은 없습니다. 대공 전하."

'허참, 다른 조사단을 다시 보낼 수도 없고 이 문제를 어떻게 한다?'

브레인은 조사단이 아직도 돌아오지 않는 이유가 아마도 몬스터를 찾지 못해 조금 멀리 이동을 하고 있어서라고 생각하고 있었다.

그래서 자신이 떠나기 전에 피터를 불러 그렇게 돌아오라고 이야기를 해 주었건만 이런 사고가 생겼으니 속으로 걱정을 하지만 한편으로는 열불이 나고 있었다.

'이놈이 이번에 돌아오기만 해 봐라. 바로 일주일 간은 지옥의 수련이다.'

알렉스와 친구들은 브레인과 수련을 하는 것에 마음속으로 공포를 느끼고 있었다.

예전에 브레인이 이들을 직접 수련을 시키면서 거의 반 죽을 때까지 두들겨 팬 적이 있어서였다.

검술을 익히는 것에 자만심이 들어 있는 것을 알고는 아예 작정을 하고 두들겨 팬 것이다.

알렉스와 친구들은 그날 아주 죽는다고 비명을 질렀지만 브레인은 입가에 미소를 지으며 더욱 강하게 두들겨 팼다.

그런 브레인의 모습에 친구들은 지옥의 사신을 보게 되었고 그 후로는 브레인과 대련을 하는 것은 지옥의 수련이라는 말을 하게 되었다.

"정찰을 하는 기사들에게 최대한 조사단의 흔적을 찾으라고 지시를 하게."

"예, 대공 전하."

조사단이 돌아와야 아레아 영지에 대한 문제를 본격적으로 이야기를 할 수가 있었다.

이미 없어진 곳에 새로운 영지를 만드는 것이기에 조사

단의 말은 귀족들에게 반드시 필요한 것이기 때문이었다.

왕국에 돌아가서는 이들의 의견이 절대적으로 필요해서였다.

그래야 국왕도 아레아 영지에 대한 문제에 대해서 더 이상 말을 하지 못하기 때문이었다.

브레인이 데리고 있는 병력은 국왕이 인정한 자신의 병력이기 때문에 국왕이 만약에 약속을 어길 경우에는 어쩔 수 없이 전쟁을 하는 수밖에 없는 일이었지만, 브레인이 생각하기로는 국왕이 그렇게 어리석은 결정은 하지 않을 것으로 보고 있었다.

'국왕이 아무리 어리석다고 해도 전력의 차이도 나지 않는데 설마 그런 결정을 하지는 않겠지.'

브레인은 아레아 영지의 문제는 그리 걱정을 하지 않고 있었다.

몬스터의 문제가 처리가 되었으니 이제 왕국으로 돌아가 정식으로 영지를 받기만 하면 되기 때문이었다.

단지 국왕과 귀족들이 아레아 영지의 크기 때문에 문제를 제기할 수도 있기는 하지만 이도 국왕이 이미 약속을 하였던 부분이라 브레인은 걱정을 하지 않고 있었다.

"조사단이 빨리 돌아와야 하는데……."

브레인이 가장 걱정을 하는 것은 조사단이 몬스터를 찾으러 간 곳이 혹시나 아레아 영지를 벗어난 곳일 것이라는 생각이 들어서였다.

아직 아레아를 떠나서는 브레인도 손을 대지 않고 있는 곳이라 피터라고 해도 무리가 될 수 있기 때문이었다.

아무리 마스터라고 해도 수많은 몬스터를 상대할 수는 없는 일이었다.

마나가 항상 있는 것은 아니었기에 마스터라고 해도 마나를 사용하면 보충을 시켜 주어야 했다.

브레인이 이렇게 걱정하는 피터의 조사단은 지금 상당히 위험한 상황에 처해 있었다.

"모두 원형을 짜서 방어를 하며 후퇴를 한다."

"예, 백작님."

피터의 조사단은 지금 수많은 몬스터의 공격을 받고 있는 중이었다.

크허엉!

쾅!

한 오우거의 몽둥이가 기사를 공격하다가 피하는 바람에 공연히 땅을 때리고 있었다.

오우거의 힘이 얼마나 들어갔는지 땅이 잠시 흔들리고 있을 정도였다.

"모두 조심해라."

피터의 고함 소리에 기사들은 정신을 바짝 차리고 몬스터의 공격에 방어를 하며 서서히 후퇴를 하고 있었다.

아이론 남작은 조사단을 괜히 이곳으로 오자고 하였다는 생각을 했다.

'내가 이리로 오자고 하지만 않았다면 이렇게 위험하지는 않았을 것인데.'

아이론 남작은 자신의 호기심으로 인해 일행들이 위험에 처해 있다는 것이 마음을 괴롭게 했다.

이들 중에 희생자가 나오게 되면 평생을 마음의 부담이 될 것 같아서였다.

몬스터의 무리가 보이지 않자 아이론 남작은 다른 곳을 조사하자고 하였지만 아레아 영지의 주변에는 아무런 몬스터를 발견하지도 못하고 있어서 다시 더 멀리 몬스터를 찾아가게 되었고, 몬스터를 만나기는 했지만 이렇게 많은 몬스터의 무리가 있는지는 정말 상상도 하지 못하고 있었다.

"몬스터의 무리들이 몰려오니 조금만 더 힘을 내라."

피터는 자신의 검을 최대한 마나를 집중하여 공격을 하고 있었다.

자신이 몬스터를 최대한 죽여야 기사들이 살 수가 있어서였다.

그래야 이들을 살려 돌아갈 수가 있다는 생각에 피터도 사력을 다해 검을 휘두르고 있었다.

케에엑!

크아앙!

크앙!

피터가 있는 주변에는 몬스터의 시체가 쌓이고 있었지만, 피터는 지금 다른 것에는 신경을 쓰지 못하고 있을 정도로 검을 휘두르는 데만 신경을 쓰고 있었다.

오로지 목적이 기사들을 살려야 한다는 생각만 하고 말이다.

그런데 피터의 그런 행동에 기사들도 감동을 받았는지 피터의 주변에 몰려드는 몬스터의 무리를 죽이기 시작했다.

원형을 짜서 이동을 하고는 있지만 이미 몰려들기 시작한 몬스터의 무리들을 돌파하기에는 조금 무리가 있어 보였다.

피터는 검을 휘두르다가 주변을 살펴보고는 도저히 이 상태로는 여기를 빠져나가지 못할 것이라는 생각이 들자 마음의 결정을 하고 있었다.

몬스터의 무리들이 몰려 있는 것을 브레인에게 알려야 한다는 생각이 들자 기사들에게 빠르게 명령을 내리기 시작했다.

"일조는 아이론 남작을 데리고 후퇴를 하고, 이조는 나와 함께 몬스터의 길을 뚫는다."

피터의 명령에 기사들은 빠르게 움직이기 시작했다.

하지만 아이론 남작은 자신만 빠져나간다는 것에 크게 소리를 쳤다.

"백작님, 저는 상관없으니 이대로 함께 후퇴를 하는 것이 좋겠습니다."

"지금 바쁘니 다른 소리는 하지 말고, 나의 명령에 따르시오. 일조는 무엇을 하는가? 빨리 아이론 남작을 모시고 후퇴를 하라. 이조는 나를 따르라."

피터는 혼신의 힘을 다해 일조가 빠져나가게 해 주기 위해 온몸에 마나를 검에 불어넣었다.

피터는 자신의 검에 오러 블레이드를 만들고는 사정없이 몬스터를 도륙하기 시작했다.

이조는 그런 피터의 뒤에서 주변의 몬스터를 처리하며 길을 만들고 있었다.

피터는 자신이 죽을 수도 있다는 것을 알고 있지만, 브레인에게 연락을 해야 한다는 사실만 생각하고 이렇게 사력을 다해 몬스터를 도륙하고 있었다.

이조가 그렇게 길을 만들고 있으니, 일조는 빠르게 아이론 남작을 데리고 후퇴를 할 수가 있었다.

몰려드는 몬스터는 피터가 가장 중심에서 막고 있었고, 이조의 기사들도 목숨을 걸고 몬스터를 죽이고 있으니 일조는 후퇴를 할 수가 있게 되었다.

일조가 거의 빠져나가는 것을 본 피터는 입가에 미소를 지으며 몬스터를 보고 있었다.

"하하하, 내가 너희들을 상대해 주마. 나의 이름은 피터라고 한다."

피터는 자신의 이름을 크게 소리치며 몬스터를 죽여 나갔고, 그의 주변에 있는 기사들도 그런 피터를 보며 죽음을 각오하고 몬스터들을 죽이고 있었다.

케에엑!

크아앙!

크르르!

몬스터 대지의 몬스터들은 어떻게 대형과 중형, 그리고 소형의 몬스터들이 함께 있을 수가 있는지는 모르지만, 지금 이들을 공격하고 있는 몬스터들은 모두 합심을 하여 공격을 하고 있었다.

일조는 피터가 몬스터를 막아 주는 바람에 빠르게 후퇴를 할 수 있었고, 마침내 몬스터의 물결에서 빠져나가게 되었다.

"아이론 남작님, 지금 빨리 여기를 떠나야 합니다. 시간이 없습니다."

기사들은 아이론 남작이 가지 않으려고 하는 것에 화가 난 것처럼 말을 하고 있었다.

이들은 피터가 왜 아이론 남작을 살리려고 하는지를 어렴풋이 느끼고 있었다.

피터는 브레인의 측근이었고, 아이론 남작은 몬스터의 대지에 대한 증인이 될 수 있는 사람이었기 때문에 살려서 브레인이 있는 곳으로 가야 했다.

"내가 이대로 어떻게 돌아간다는 말인가? 나는 절대 이대로 갈 수가 없네."

"진정으로 피터 백작님의 마음을 이해하지 못하고 계시는 것입니까?"

"백작님은 남작님이 살아서 대공 전하께 보고를 해 주기를 바라고 계시는 것입니다. 아시겠습니까?"

기사들은 아이론 남작의 얼굴을 보며 눈물을 흘리고 있었다.

자신들을 구하기 위해 동료들이 죽음을 각오하고 있다는 사실이 이들의 마음을 아프게 하고 있었지만, 지금은 임무를 수행하는 것이 우선이기 때문에 참고 있는 것이었다.

아이론 남작은 기사들의 눈물을 보고는 더 이상 자신의 의견을 말할 수는 없었다.

일조의 기사들은 빠르게 아이론 남작을 데리고 이동을 하였다.

그렇게 도망을 가고 있는데 저쪽에서 보이는 존재들이 있었다.

"저기 보이는 것이 우리 무적 기사단이지 않나?"

"어디 어디?"

기사들은 무적 기사단이라는 말에 모두가 눈에 힘을 주고 있었다.

무적 기사단이 오고 있다면 피터도 구할 수가 있다는 생각이 들어서였다.

"거기, 켄트 경이 아닌가?"

"메로 경, 여기는 어떻게 아니, 그게 급한 것이 아니고 지금 기사단이 얼마나 되는가?"

메로는 갑자기 기사들의 숫자를 물으니 이상한 눈빛을 하였지만 눈으로 보기에도 급해 보여서 바로 대답을 해 주었다.

"우리는 삼조의 인원만 온 것이네."

무적 기사단의 일개 조는 모두 삼십 명으로 이루어져 있었다.

아마도 지금 보이는 기사들은 선발대에 속해 있는 기사들 같았다.

"지금 피터 백작님과 기사들이 몬스터의 무리들에게 공격을 받고 있으니 당장 구하러 가야 하네."

동료의 말에 메로는 상황이 다급하다는 것을 알게 되자 바로 품에서 작은 물건을 꺼내서 입에 대고 불었다.

삐이익!

작은 물건이 무엇인지는 모르지만 그 속에서는 날카로운 소성이 나오고 있었다.

소리가 나고 있으니 말이 달리는 소리가 들렸다.

두두두.

무적 기사단의 인원이 달려오고 있는 중이었다.

켄트는 무적 기사단이 오는 것을 보고는 이제 살 수가 있다는 희망이 생겼다.

"무슨 일인데 비상 연락을 한 것이냐?"

"조장님. 여기 피터 백작님의 일행을 발견하였는데 지금 피터 백작님과 기사들이 위험하다고 합니다."

조장은 피터가 위험하다는 소리에 다른 말은 하지 않고 바로 물었다.

"위치가 어디인지 아는가?"

"예, 제가 안내를 하겠습니다. 조장님."

켄트는 바로 안내를 자처하고 나섰다.

"어서 안내를 해라. 무적 기사단은 동료의 생명을 구하는 것이 가장 우선이다."

켄트는 기사단을 데리고 피터가 있는 곳으로 달려갔다.

기사단이 달려가고 있는 곳에는 지금도 한참 전투를 벌이고 있었다.

피터는 이제 마나도 거의 사라지고 있는 중이었다.

"기사들은 마지막으로 모든 힘을 사용하여 몬스터를 죽여라. 우리는 여기서 죽지만 무적 기사단의 이름은 영원히 남을 것이다."

피터의 외침에 피를 뒤집어쓰고 있는 기사들도 힘차게 외쳤다.

"우리는 무적 기사단이다. 무적의 기사단에 이름에 영광이 있기를……."

"무적 기사단의 영광을 위하여!"

기사들은 힘차게 외치며 마지막 힘을 내고 있었다.

피터는 기사들의 행동에 입가에 미소가 생겼다.

자신이 브레인에게 검술을 배우고 지금까지 기사로서 생활을 하였지만 오늘처럼 가슴이 떨리는 기분은 처음으로 느끼고 있었다.

마스터의 경지에 오를 때에도 지금처럼 마음이 떨리는 기분은 아니었는데, 지금은 자신과 함께 죽을 수 있는 동료들이 있다는 것이 이렇게 가슴을 떨리게 할 줄은 몰랐다.

"내가 죽어도 너희들을 잊지 않을 것이다. 너희들은 나의 동료들이라는 것을 명심해 다오."

피터는 기사들을 보고 고함을 치며 몬스터들이 있는 곳을 향해 달려들었다.

"이야앗!"

휘이잉!

피터의 마지막 마나를 이용한 공격은 엄청난 바람을 동반하여 몬스터들을 공격하기 시작했다.

케에엑!

크아앙!

캬아악!

피터의 마지막 공격이라 그런지 엄청난 수의 몬스터들이 한 번에 죽어 나가고 있었다.

기사들은 피터의 공격에 속으로 놀라고 있었다.

마스터의 경지라고는 하지만 저렇게 엄청난 검술을 사용할 줄은 몰라서였다.

피터의 검술은 이들도 처음으로 보는 것이었다.

"헉, 헉, 흐흐흐, 이 정도는 되어야 죽어도 한이 없지 않겠어. 흐흐흐."

피터는 숨이 차는 것도 잊었는지 죽어 있는 몬스터를 보고 웃고 있었다.

그런 피터의 주변으로 기사들은 몰려들었다.

기사들이 보기에도 피터는 지금 아무 힘도 없어 보여서였다.

무적 기사단은 동료를 두고 도망을 가지 않는다는 생각에 피터의 주변에 몰려드는 몬스터를 처리하기 시작했다.

피터의 검술에 몬스터들도 사실 공포심을 느끼고 있는지, 잠시 동안 피터의 주변에는 몬스터들이 다가오지를 않고 있어 기사들이 피터가 있는 곳으로 갈 수가 있었다.

"백작님, 제 인생에서 가장 멋진 검술이었습니다."

"맞습니다. 정말 멋진 검술이었습니다. 피터 백작님."

"흐흐흐, 너희도 그냥 떠나지 왜 나에게 온 것이냐?"

"우리는 무적 기사단입니다. 무적 기사단은 동료를 두고 가지 않습니다."

기사들은 자부심이 어린 눈빛을 하며 피터를 보았다.

브레인이 가장 염두에 두고 기사들의 정신교육을 한 것이 있다면 바로 이 부분이었다.

동료를 버리고 가는 기사는 기사가 아니라고 하며 스스로 기사를 구하기 위해 위험에 처해지기도 했었고, 그 후로 무적 기사단은 전통처럼 동료를 구하는 것에는 목숨을 걸게 되었던 것이다.

무적 기사 단원이라면 이제는 자연스럽게 동료와 함께라는 의식이 자리를 잡고 있었다.

"흐흐흐, 바보 같은 놈들. 그래 죽어도 우리는 무적 기사단이다. 동료를 두고 갈 수는 없지."

피터는 기사들의 눈을 보았다.

모두가 죽음을 각오라고 있는 눈빛이었기 때문인지 두려움이 사라져 있는 눈빛이었다.

"우리는 무적 기사단이다."

"무적 기사단의 영광을 위하여!"

기사들은 크게 소리를 치며 함께라는 것을 생각하였다.

이들이 그러고 있을 때 갑자기 들리는 소리가 있었다.

"우리는 무적 기사단이다."

"무적 기사단의 영광을 위하여!"

같은 구호를 우렁차게 외치며 자신들이 있는 곳으로 오고 있는 일단의 무리들이 보였다.

눈으로 보기에도 기사들이라는 것을 알 수 있었다.

"백작님, 우리 무적 기사단입니다. 이제 우리는 살았습니다."

"그래, 우리는 살았다."

피터도 기사단이 자신들을 구하러 올 줄은 생각도 하지 못하고 있었는데, 이렇게 자신과 기사들을 구하기 위해 달려오고 있는 기사들을 보니 감동이 밀려왔다.

처음으로 감동이라는 것을 느낀 피터는 진심으로 무적 기사단의 기사라는 사실이 이렇게 자랑스러울 수가 없었다.

두두두.

무적 기사단은 피터의 일행이 있는 것을 보고는 바로 말을 몰아 몬스터의 무리들을 공격하였다.

몬스터들은 피터의 엄청난 검술에 잠시 공포심이 빠져 있다가 갑자기 말을 타고 오는 무리들을 발견하고는 또다시 날뛰기 시작했다.

크아앙!

몬스터 무리들 중에 가장 우두머리가 고함을 지르니 다른 몬스터들도 우렁차게 고함을 지르기 시작했다.

크허엉!

캬아아앙!

몬스터의 울음소리는 지축을 울리고 있었다.

몬스터들이 다시 공격을 하려고 하자 피터는 다시 기운을 차리고 기사들에게 지시를 내렸다.

"기사들은 최대한 몬스터의 공격에 방어를 하라."

"예, 백작님."

기사들도 이미 힘이 거의 빠져 있어서 더 이상 몬스터를 상대하기가 쉽지 않았다.

하지만 이제 동료들이 자신들을 구하러 왔다는 기쁨에 다시 힘이 생기고 있었다.

"백작님을 보호해라."

"마지막 힘을 내자."

"우리는 무적 기사단이다."

기사들의 외침과 동시에 검에 힘을 주고 있었다.

이들은 이제 죽어도 여한이 없다는 표정을 하고 있었다.

동료들이 아무리 위험에 처해 있어도 구해 주기 위해 달려온다는 생각이 들자 저절로 기운이 나고 있었다.

피터도 검을 다시 고쳐 잡고 몬스터를 상대하려고 하고 있었다.

비록 마나는 모두 소모를 하였지만 아직 육체의 힘은 남아 있었다.

잠시의 휴식이 그래도 조금의 힘을 돌려주었기 때문이다.

하지만 이들이 움직이기 전에 먼저 공격을 하는 동료들이었다.

"몬스터를 죽이고 동료들을 구하자."

"동료를 구하자."

기사단은 몬스터가 있는 곳으로 곧바로 공격을 하고 있었다.

쉬이익!

서걱!

케에엑!

크앙!

케엑!

기사단의 돌격에 몬스터들이 우후죽순으로 죽어 나갔다.

무적 기사단은 기본이 익스퍼트 상급의 실력이었지만, 이번에 알렉스와 파리엘의 대련을 보며 스스로 더욱 강해져야 한다고 생각을 하여 더욱 수련에 박차를 가해 지금은 전보다는 조금 높은 실력이 되어 있었다.

그런 기사들의 검에 몬스터들은 순식간에 도륙이 되고 있었다.

무적 기사단은 브레인이 조를 짜서 적을 상대하기 위해 만든 것을 익히고 있어서, 몬스터를 상대하는 것에도 사용이 되고 있어 상당한 효과를 보고 있었다.

기사단이 몬스터를 죽이고 있을 때 피터는 기사들에게 바로 후퇴를 명령하고 있었다.

"지금이 기회이니 일단 후퇴를 한다."

"옛! 백작님."

기사들은 힘이 빠진 피터를 데리고 빠르게 후퇴를 하기 시작했다.

이들은 이미 말들이 모두 죽고 없어서 발로 움직여야 했지만 그래도 빠르게 움직이고 있었다.

무적 기사단은 아침부터 하는 일이 바로 구보였기 때문이다.

이는 브레인이 혹시 마나가 떨어져도 최소한 육체적인 힘은 가지고 있어야 한다고 생각하여 기사들에게 훈련을 하도록 지시를 하였기 때문이다.

기사들이 몬스터를 죽이고 있는 사이에 피터와 기사들은 빠져나왔고 이제 한숨을 쉴 수가 있게 되었다.

하지만 피터는 아직도 마나를 사용하지 못하고 있었다.

"일단 피했으니 이제 그만 돌아가도록 하자. 아직 우리의 힘으로는 몬스터를 모두 처리하기에는 부족하다."

"알겠습니다. 백작님."

기사들은 피터의 지시에 빠르게 대답을 하며 뒤로 물러나고 있었다.

동료들이 무사히 빠져나가자 기사들은 몬스터를 죽이는 것을 서서히 줄여 가며 뒤로 물러서고 있었다.

"천천히 물러나라. 일단 목적은 달성하였으니 물러서도

록 한다."

기사단이 뒤로 후퇴를 하자 몬스터들은 더욱 강하게 고함을 지르며 기사들을 향해 공격을 했지만 아직은 기사들의 힘에 밀리고 있었다.

이는 기사들이 익히고 있는 방어진 때문이었다.

기사들도 자신들이 익히고 있는 방어진이 이렇게 좋은지는 이번에 처음 알았다.

크아앙!

몬스터의 우두머리는 크게 고함을 치고 있었고, 그의 고함 소리에 다른 몬스터들이 더 이상 접근을 하지 않고 있었다.

어딘가 경계가 있는 것인지 몬스터들은 더 이상 다가오지 않고 있었다.

몬스터들이 오지 않는 이유는 바로 에레나 때문이었다.

에레나는 몬스터를 조정하면서 아레아 영지에 대한 공포감을 심어 주었기 때문에 이들이 그 안으로는 들어가지 않으려고 하고 있었던 것이다.

에레나는 몬스터들이 아레아 영지의 근처에는 오지 못하게 하였는데 몬스터 대지의 몬스터들을 조정하면서 많은 것을 알게 되었지만 아직 브레인에게는 말을 해 주지 않고 있었다.

"저기 몬스터들이 여기까지는 오지 않는 것을 보니 무언가 있는 것 같습니다. 우리가 저 안으로 들어가면 몬스터들은 미친 듯이 공격을 하는데 여기는 오지 않고 있으니 말입니다."

피터도 몬스터의 행동이 조금 이상하게 느껴졌다.

자신들이 아는 몬스터와는 조금 달라서였다.

"아이론 남작은 어디에 있는가?"

"예, 다른 기사들과 함께 계십니다. 백작님."

"그래, 다행이군."

피터는 아이론 남작이 무사하다는 소리에 안심이 되는 얼굴을 하고는 그대로 쓰러져 버렸다.

털썩!

"백작님!"

기사단의 조장은 피터가 갑자기 쓰러지자 고함을 치며 피터의 옆으로 다가갔다.

피터는 지금까지 정신력으로 견디고 있었는데 이제 안심이 되자 견디지 못하고 기절을 하고 만 것이다.

조장은 피터의 옆에 가서 살펴보았지만 아직 죽은 것은 아니라는 것을 알고는 바로 기사들에게 지시를 내렸다.

"가지고 있는 포션 중에 회복 포션이 있으면 지금 당장 가지고 와라."

브레인은 이번 몬스터의 대지에 오면서 많은 포션을 구비하여 왔다.

이는 기사들이 부상을 당하는 것을 염려해서 미리 준비를 하고 온 것이었는데, 그 포션의 첫 사용자가 피터가 될지는 생각도 하지 못했다.

기사들은 조장의 지시에 가지고 있던 포션을 빠르게 꺼내기 시작했다.

"여기 있습니다. 조장님."

"어서 피터 백작님에게 복용을 시키도록 해라."

피터는 몸에 피로가 극에 달해 있는 상태였기에, 포션이 아니면 한 달은 누워 있어야 할 정도로 극도로 지쳐 있는 상태였다.

기사는 급히 피터의 입에 포션을 먹이기 시작했다.

기절한 피터에게 포션을 먹이는 것이 그리 쉽지는 않았지만 기사들은 이미 어느 정도는 경험이 있기에 능숙하게 먹이고 있었다.

피터는 포션을 복용하기는 했지만 이미 기절을 하고 있어서인지 바로 깨어나지는 않았다.

"백작님을 조심스럽게 모셔라."

"예, 조장님."

조장의 지시에 기사들은 빠르게 피터를 말에 태우고는 천천히 이동을 하기 시작했다.

다른 기사들은 동료들이 뒤에 태우고 가고 있었다.

피터와 조사단은 이렇게 위기의 상황을 극복하기는 했지만 아직 정확하게 몬스터들이 아레아 영지를 오지 않는 이유에 대해서는 밝혀낸 것이 없었다.

하지만 더 이상 그 안으로 진입을 한다는 것이 죽고 싶어 하는 행동이라는 것을 알고 있기에 바로 브레인에게 보고를 하기 위해 진지로 돌아가기로 했다.

조사단의 조장인 피터도 기절을 할 정도이니 이들의 힘으로는 방법이 없어서였다.

"모두 진지로 귀환한다."

"예, 조장님."

무적 기사단은 빠르게 진지로 귀환을 하기 위해 움직였다.

진지에서는 그런 사실을 모르고 있어 조사단이 돌아오기만 기다리고 있었는데, 얼마 후 진지의 입구에서 조사단이 돌아오고 있다는 보고를 받게 되었다.

"대공 전하, 지금 조사단이 돌아오고 있다고 합니다."

"그래, 모두 무사하다고 하던가?"

"예, 죽은 사람은 없지만 몬스터의 공격에 피터 백작님이 조금 부상을 당한 모양입니다. 급히 포션을 이용하여 치료를 하기는 했는데 아직도 깨어나지 못하고 있다고 합니다."

브레인은 기사의 보고에 깜짝 놀랐다.

피터는 자신이 직접 검술을 전수한 마스터였는데 그런 마스터가 기절을 하고 돌아오고 있다는 말에 놀라고 있었다.

"아니, 어떻게 하다가 그렇게 되었다고 하던가?"

"자세한 상황은 지금 오고 있으니 직접 들으시는 것이 좋을 것 같습니다. 대공 전하."

"알겠네. 내가 나가서 그들을 만나 보도록 하지."

브레인은 그렇게 말을 하고는 바로 나가고 있었다.

친구가 부상을 입었다고 하니 마음이 급해져 이대로 있을 수가 없어서였다.

브레인은 바로 조사단이 오고 있는 방향으로 갔다.

입구를 지나 안으로 들어온 조사단과 기사들은 브레인이 있는 곳으로 가고 있었다.

피터가 아직 깨어나지 않아 어차피 브레인이 있는 곳으로 가야 치료를 할 수 있기 때문이었다.

그런데 이들이 가고 있는 곳으로 브레인도 오고 있어 중간에 마주치고 있었다.

아이론 남작은 브레인을 보자 가장 먼저 인사를 하고 있었다.

"대공 전하를 뵈옵니다."

"오, 아이론 남작 수고가 많았소."

"아닙니다, 저 때문에 피터 백작님이 부상을 입게 되어 죄송합니다."

"아니오. 기사가 상대와 전투를 하게 되면 부상을 당할 수도 있는 일이니 그리 죄송할 것은 없소."

말은 그렇게 하면서도 브레인의 눈은 피터가 있는 곳으로 가고 있었다.

피터는 지금 말의 위에 누워 있었기 때문이었다.

기사들은 안장을 이용하여 피터가 불편하지 않게 눕게 하여 이리로 온 것이었다.

"대공 전하, 피터 백작님이 아직 깨어나지 않으니 일단 치료를 하는 것이 좋겠습니다."

"피터 백작을 지금 당장 나의 거처로 옮기고 엔더슨 후작을 오라고 하게. 내가 급히 부른다고 하면 올 것이네."

브레인과 함께 오고 있던 기사는 바로 대답을 하였다.

"알겠습니다. 대공 전하."

기사는 엔더슨이 어디에 있는지를 알고 있는지 빠르게 사라지고 있었다.

브레인은 조사단을 보니 모두 몰골이 말이 아니었다.

"조사단은 일단 조금 쉬는 것이 좋을 것 같으니 오늘은 모두 편히 쉬고 보고는 내일 하도록 하지. 들을 말이 많을 것 같으니 말이야."

"알겠습니다. 대공 전하."

"저는 일단 보고를 드리고 쉬도록 하겠습니다. 대공 전하."

아이론 남작은 지금 쉬는 것이 급한 것이 아니라고 생각하고 있는지 브레인에게 먼저 보고를 하려고 하였다.

브레인은 그런 아이론 남작의 성격을 아는지 이내 고개를 끄덕여 주었다.

"알겠소. 남작은 나와 함께 가도록 합시다. 정찰조는 이번에 수고가 많았으니 이번 주는 쉬도록 하라."

"예, 대공 전하."

정찰조의 조장은 힘차게 대답을 하고 있었다.

이들은 이번 주에는 정찰을 하지 않아도 된다는 말에 얼굴에 그 기쁨이 나타나고 있었다.

기사에게 정찰은 정말 짜증나는 일이었기 때문이다.

정찰조는 돌아가고 조사단의 기사들은 피터를 데리고 브레인의 거처로 가고 있었다.

이들의 임무는 아직 끝이 나지 않아서였다.

마지막까지 임무를 마치기 위해 기사들은 피곤한 몸을 이끌고 가고 있었다.

브레인은 피터의 상태가 걱정이 되기는 했지만 아직 숨을 쉬고 있다는 것에 엔더슨이 오면 치료를 할 수 있을 것이라고 생각하고 있었다.

피터의 숨이 안정적이었기 때문이다.

9.
아레아 영지에는 몬스터가 없다

브레인은 아이론 남작과 이야기를 하면서 이제 아레아 영지를 찾을 수 있다는 확신이 섰다.

에레나의 말대로 다른 문제는 없다는 것이 확인이 되었기 때문이었다.

아레아 영지만 몬스터가 오지 않는 이유에 대한 명확한 근거가 없기는 하지만 이 문제는 자신이 처리를 할 수가 있었다.

자신은 고대의 마법 주머니가 있었고, 그 주머니 안에는 생각지 못한 아티팩트들이 있었는데 바로 몬스터가 자신이 있는 주변에는 오지 못하게 하는 것도 있었다.

이번에 몬스터가 침입을 하지 않는 이유를 아티팩트를 이용하여 아레아 영지를 찾았다고 하면 될 것 같아서였다.

물론 그를 증명하기 위해 자신이 직접 움직이는 것과 조금은 의심을 받을 수는 있겠지만 자신이 그렇다고 하는데 어쩌겠는가 말이다.

'흠, 아티팩트들이 이럴 때는 좋은 도움을 주는구나.'

브레인은 아티팩트를 생각하며 싱글벙글한 얼굴을 하고 있었다.

그 출처에 대해서는 생각도 하지 않고 말이다.

아무리 제국의 귀족가라고 해도 저렇게 신기한 아티팩트를 가지고 있다고 소문이 나면 다른 나라에서도 그냥 있지는 않을 것이라는 생각은 하지 않는 것 같았다.

다른 왕국에서도 영지를 찾고 싶어 하는 마음은 모두가 같은데 헤이론 왕국만 그런 특이한 아티팩트를 가지고 있다고 하면 과연 그냥 보고만 있을지는 모르는 일이었다.

브레인이 어떻게 이 문제를 풀어 나갈지는 오로지 그만의 문제였다.

브레인에게는 사실 가지고 있는 고대의 아티팩트들이 상당수 있었지만 아직도 그 사용 용도를 모르는 것들도 있었다.

이는 브레인이 마법사가 아니기 때문에 그런 것이지만 이제 엔더슨이 7서클에 오르게 되면 모든 아티팩트의 사용처를 확실히 알 수가 있게 될 것이니 그리 걱정을 하지 않고 있었다.

"아이론 남작이 모르는 사실을 한 가지 알려 주어야겠소."

"예? 제가 모르는 사실이라니요?"

"사실은 나도 긴가민가했는데 내가 가지고 있는 아티팩트 때문이라는 사실을 이번에 확실히 알게 되었소."

그러면서 브레인은 자신이 가지고 있는 팔찌를 보여 주며 그동안 몬스터가 왜 자신들을 공격하지 않았는지를 설명해 주었다.

팔찌는 고대의 아티팩트인데 몬스터들이 주변에 오지 않게 하는 성능이 있다고 하였지만 사실 자신도 믿지 않고 있었는데, 이번에 몬스터 대지로 오면서 그 성능에 대해 확신이 생겼고 자신이 직접 몬스터를 대상으로 확인을 해 보니 진실이라는 것을 알게 되었다고 이야기를 해 주었다.

"아니, 그런 팔찌가 있다는 말씀이십니까?"

"나도 이번에 확신을 가지게 되었지만 처음에는 나도

믿지를 않고 있었소."

브레인의 설명을 들은 아이론 남작은 몬스터 대지에서 일어난 일들에 대해 이제야 알게 되었다는 얼굴을 하였다.

그동안 도대체가 이해가 가지 않는 일들이 발생하였는데 이제는 확실히 그 이유를 알게 되니 그동안 고생을 한 것들이 조금은 억울하게 느껴지기도 했다.

하지만 브레인의 말대로 그런 아티팩트가 있다고 해도 누가 믿고 있겠는가 말이다.

누구나 처음에는 믿지 않고 있다가 나중에 확실히 알게 되면 그때야 아, 하고 믿음이 생기는 것은 아이론 남작도 충분히 이해가 가는 일이었다.

"대공 전하, 이 아티팩트는 절대 남에게 보여 주지 마십시오."

"아니, 왜 그렇소?"

"여기는 몬스터 대지라고 소문이 나 있는 곳입니다. 그런 곳을 팔찌 한 개만으로 처리를 하였다고 소문이 나면 어찌 될 것 같습니까?"

아이론 남작은 나중의 일에 대해 생각을 하고 하는 말이었다.

브레인도 아이론 남작의 말을 듣고는 자신의 생각이 짧

았다는 것을 깨달았다.

하지만 이미 아이론 남작에게 그런 사실을 알려 주었으니 더 이상 비밀이라고 할 수도 없는 일이라고 생각하고 있었다.

사실과는 조금 다르게 말을 하였지만 어느 정도 팔찌의 성능이 있는 것도 사실이었기 때문이다.

"아이론 남작의 말도 일리는 있지만 국왕 폐하께 가서는 어떻게 말을 하려고 하는 것이오?"

브레인이 걱정하는 것은 아레아 영지를 찾은 이유에 대하여 명확하게 해 줄 말이 없다는 것을 말하는 것이었다.

아이론 남작도 브레인의 말을 충분히 이해를 하고 있었지만 당장에 방법이 있는 것은 아니었기에 조금 고민을 하는 얼굴을 하고 있었다.

"대공 전하, 아레아 영지에만 몬스터가 없다는 사실이 대륙에 알려지게 되면 아마도 다른 왕국들이 가만히 있지는 않을 것입니다. 그러니 우리는 이 사실을 무조건 숨기고 있어야 합니다. 국왕 폐하께는 일단 다르게 설명을 하며 이해를 시키는 방법을 찾아보겠습니다. 아레아 영지는 어차피 대공 전하의 영지이지 않습니까."

아이론 남작도 국왕이 아레아 영지를 브레인에게 준다

고 국왕이 약속을 한 것을 알고서 하는 말이었다.

“국왕 폐하께서 아레아 영지를 나에게 하사한 것은 맞지만 그런 문제를 숨기고 있다가 나중에 문제가 생기지 않겠소?”

브레인은 아이론 남작을 보며 조금 걱정스러운 눈빛으로 바라보았다.

“그 문제는 당분간 숨기면서 방법을 찾으면 될 것입니다. 일단은 아레아 영지에는 몬스터가 없다는 것이 안심이 되니 영지를 건설하는 방법에 대해 생각을 해 보지요.”

아이론 남작은 국왕이 아레아 영지를 이렇게 단순하게 찾게 되면 아마도 다른 생각을 할 수도 있다고 보고 있었다.

병력을 처음부터 지원을 한 이유가 아레아를 찾을 수 있다는 희망보다는 브레인의 세력을 줄이기 위해서 보낸 것을 짐작하고 있어서였다.

자신들도 그런 국왕에게 배신을 당하였다는 생각이 아직도 마음속에 남아 있는 아이론 남작이었다.

복수를 생각지는 않지만 국왕을 믿지도 않고 있는 아이론 남작이었다.

“이제 왕국에 가서 보고를 해야 하는데 숨기는 것이 과연 좋은 방법이겠소?"

"지금은 보고를 하는 것보다 아티팩트의 존재를 감추는 것이 중요합니다. 만약에 아티팩트의 존재가 알려지게 되면 아레아 영지만의 문제가 아니게 될 것입니다. 대공 전하."

아이론 남작은 아티팩트 때문에 전쟁에 일어날 수도 있다는 것을 말하고 있었다.

브레인은 설마 아티팩트 때문에 전쟁이 일어나지는 않을 것이라고 생각하고 있었는데 가만히 생각해 보니 충분히 그럴 수도 있다는 생각이 들었다.

몬스터 대지의 영지를 찾을 수가 있다면 다른 왕국에서도 자신의 영지를 찾으려고 할 것이고 아티팩트 때문에 영지를 찾았다고 하면 아마도 헤이론 왕국이 아니라 자신의 영지와 전쟁을 하려고 할 것이라는 생각이 들자 고민이 되었다.

"아이론 남작은 이 문제에 대한 해답을 찾아보시오. 우리에게 해가 되지 않는 방법이 있으면 좋겠소."

"걱정하지 마십시오. 제가 반드시 찾아내겠습니다. 대공 전하."

"알겠소. 피곤하실 테니 이만 물러가서 쉬도록 하시오."

"예, 대공 전하."

아이론 남작이 물러가자 브레인은 잠시 생각에 잠겨 들었다.

자신은 쉽게 생각하여 아티팩트면 충분히 아레아 영지의 문제에 대한 해답을 구했다고 생각하였는데, 아이론 남작과 대화를 해 보고는 아티팩트가 더 큰일을 만들게 한다는 것을 알게 되었다.

몬스터가 오지 못하게 하는 아티팩트라면 아마도 모든 나라가 탐을 낼 수 있는 물건이기 때문이었다.

"흠, 내가 너무 쉽게 생각을 하였구나. 아이론 남작이 없었다면 큰 실수를 할 뻔했네."

브레인은 자신의 실수를 인정하고 앞으로는 더욱 조심해야겠다는 생각을 하고 있는 중이었다.

한편 피터가 있는 곳에는 엔더슨이 도착을 하여 치료 마법을 사용하고 있었다.

"리커버리!"

엔더슨의 손에서 하얀빛이 일어나며 피터의 몸속으로 흡수가 되고 있었다.

하지만 아무리 마법을 사용해도 피터는 의식을 찾지 못하고 있었다.

"엔더슨 후작 각하, 피터 백작님께서 아직도 의식을 찾지 못하는 것이 다른 부상이 있어서 그런 것이 아닙니까?"

옆에 있던 기사들은 초조한 마음으로 피터의 치료를 보고 있다가 아직도 의식을 찾지 못하자 엔더슨에게 물었다.

"아직 나도 잘 모르겠네. 부상은 그리 심한 것이 아닌데 아직도 정신을 차리지 못하는 것을 보면 아마도 내면의 무언가가 있는 것 같은데 나도 그게 무엇인지를 모르겠네."

엔더슨은 대답을 하면서도 조금은 당혹스러운 얼굴을 하고 있었다.

마법이 모든 상처를 치료하는 것은 아니지만 그래도 피터의 상처 정도는 충분히 치료를 하고도 남았다.

그런데 아무리 마법을 퍼부어도 정신을 차리지 못하는 피터를 보니 조금은 이상한 느낌이 들었다.

그때 문을 열고 들어오는 사람이 있었으니 브레인이었다.

기사들은 브레인을 보고 고개를 숙이며 인사를 하고 있었다.

부상자가 있을 때는 주변이 시끄러운 것을 조심하라는

지시를 받아서 그런 행동을 하고 있었다.

브레인은 기사들의 인사에 가볍게 인사를 받아 주며 바로 엔더슨을 보고 질문을 하였다.

"엔더슨, 피터의 상황은 어때?"

"아직 정신을 차리지 못하고 있습니다. 대공 전하."

"아직도 정신을 차리지 못하였다고?"

브레인은 엔더슨의 마법이 얼마나 강한지를 알고 있는 유일한 사람이었기에 믿어지지 않는 얼굴로 피터를 보고 있었다.

브레인 보는 피터는 지금 정신 속에서 또 다른 자신과 전투를 하고 있는 중이었다.

브레인은 피터의 상황을 보고는 입가에 미소를 지으며 엔더슨에게 말을 해 주었다.

"엔더슨 후작은 너무 걱정하지 않아도 되네. 지금 자신과의 싸움을 하고 있느라 그런 것이니 깨어나면 조금은 다른 세상을 보게 될 것이네."

브레인의 말에 엔더슨과 기사들은 깜짝 놀랐다.

저 말은 지금 또 다른 경지로 가고 있다는 말이었기 때문이었다.

기사들은 부러운 얼굴을 하고 피터를 보았고, 엔더슨은

피터의 얼굴을 보며 조금은 질투를 느끼고 있는 것 같았다.

친구들 중에서 가장 빠른 진전을 보여서였다.

피터가 갑자기 이런 경지를 보게 된 이유는 바로 죽음을 각오하고 모든 마나를 소모하면서 얻은 작은 깨달음 때문이었다.

그런 작은 깨달음이 피터에게는 또 다른 경지로 가는 길을 찾아 주었고 지금 그 길을 들어서기 위해 새로운 싸움을 하고 있는 중이었다.

엔더슨의 눈빛에는 무언가 결심을 하고 있었다.

엔더슨도 7서클의 경지에 올라 있었지만 아직은 정신적인 깨달음이 없어 완전한 7서클은 아니었기에, 이번에 자신도 확실한 7서클의 경지에 올라야겠다는 결심을 하고 있는 중이었다.

엔더슨에게는 7서클이 인생의 목표가 아니었고, 그 위의 8서클이 목표였다.

브레인은 엔더슨이 7서클에 오르게 되면 8서클의 마법서도 주겠다고 하였기에 엔더슨도 지금 부단히 7서클에 오르기 위해 노력을 하고 있었지만 아직도 깨달음이 없어 고민을 하고 있었는데, 친구의 발전은 엔더슨에게는 충격을 주고 있었고 이는 반드시 7서클에 오르고 말 것이라는 결심을 하게 만드는 계기가 되었다.

'나도 반드시 깨달음을 얻어 반드시 8서클의 경지에 오르고 말겠다.'

피터는 마법으로 끝을 보고 싶다는 결심을 하게 되었고, 이런 결심이 대륙에 새로운 현자를 탄생하게 만드는 계기가 되고 있었다.

"기사들은 그만 돌아가고 엔더슨 후작은 나와 함께 가지."

"예, 대공 전하."

"알겠습니다. 대공 전하."

기사들은 피터가 깨달음을 얻고 있다는 말에 바로 대답을 하고 돌아갔다.

엔더슨은 브레인과 함께 나가고 있었다.

"엔더슨, 아직 7서클에 오르지 못해서 속이 상하지 않아?"

브레인의 말에 엔더슨은 자신의 마음이 들켰다는 생각에 순간적으로 얼굴에 당황이 어렸다.

"아… 아닙니다. 대공 전하."

"아니기는 얼굴이 그렇다고 하는데. 내가 가자고 하는

이유가 7서클과 관계가 있는데 아니라면 말고."
브레인의 말에 엔더슨의 얼굴에는 다급함이 어렸다.
"대공 전하, 사실입니다. 저도 7서클에 오르고 싶습니다."
엔더슨의 다급한 대답에 브레인은 입가에 미소를 지으며 엔더슨을 보았다.
"하하하, 7서클에 오르고 싶기는 한 모양이지. 그렇게 다급하게 대답을 하는 것을 보니 말이야."
브레인의 말에 엔더슨의 얼굴은 붉어지고 말았다.
자신의 속마음이 그대로 들어 나서였다.
엔더슨도 피터가 깨달음을 얻었다는 것에 충격을 먹기는 했지만 질투가 아닌 투지를 느끼고 있었다.
하지만 유일하게 그런 마음 자체가 없게 만드는 사람이 있다면 바로 브레인이었다.
브레인은 엔더슨과 친구들에게 질투나 투지를 느끼게 하기 보다는 항상 고마움을 느끼는 존재로 남아 있었기 때문이었다.
"대공 전하, 그런데 7서클의 관계가 있다는 말씀은 무슨 뜻입니까?"
엔더슨은 잠시도 궁금증을 참지 못하고 바로 질문을 하

였다.

"내가 가지고 있는 마법서가 있는데, 그 마법서에는 마법사가 얻은 깨달음에 대해 적어 놓았는데 그 안의 내용이 7서클과 8서클에 오르는 길에 대해 써져 있어서 말이야."

마법사의 깨달음에 대해 적어 놓은 마법서라는 말에 엔더슨의 얼굴은 호기심과 탐욕이 어리고 있었다.

엔더슨은 다른 것에는 그리 욕심을 내지 않지만 이상하게 마법에는 욕심을 내고 있었다.

그렇다고 부정한 짓을 하면서 얻으려고 하는 것은 아니었다.

"대공 전하, 저에게는 반드시 필요한 마법서이니 주십시오."

엔더슨은 아까와는 다르게 브레인이 자신에게 그 마법서를 줄 것이라는 생각을 가지고 있으니 조급함이 사라지고 있었다.

"하하하, 엔더슨에게 가장 필요한 물건이니 주려고 하는 거야. 그리고 최대한 빠른 시간에 마법의 실력을 높여야 할 것 같아. 아레아 영지의 일이 생각보다는 조금 복잡하게 진행이 될지도 모르니 말이야."

브레인의 말에 엔더슨은 금방 알아듣고 있었다.

"국왕과 귀족들이 문제가 되는군요."

"그래, 아무래도 국왕과 귀족들은 나에게 순순히 아레아 영지를 주지 않을 것 같아."

브레인은 지금 아레아 영지의 일이 가장 마음에 걸리고 있었다.

몬스터가 아레아 영지에 오지 않는 이유가 무엇인지를 알고 있었지만 문제는 다른 이가 그런 사실을 모르고 있다는 것이 문제였다.

그리고 아티팩트의 일도 아이론 남작의 말대로 쉽게 꺼낼 수 있는 이야기가 아니었기에 더욱 골치가 아픈 상태였다.

그래서 엔더슨이 마법사이니 도움을 받기 위해 말을 꺼낸 것이기도 하고 말이다.

브레인의 아티팩트에 대해 엔더슨에게 말을 해 주기로 하였다.

"엔더슨, 우리가 있는 곳에 몬스터들이 공격을 하지 않는 이유는 바로 내가 가지고 있는 아티팩트 때문이야. 그런데 그 아티팩트를 국왕과 귀족들에게 이야기를 할 수가 없다는 것이야."

브레인은 아이론 남작과 한 이야기를 그대로 엔더슨에게도 이야기를 해 주었다.

자신의 실질적인 측근인 엔더슨은 어느 정도는 알고 있어야 한다고 생각해서였다.

엔더슨은 브레인의 말을 듣고는 조금 놀라는 얼굴이 되었다.

브레인이 그런 신기한 물건을 가지고 있다는 사실에 놀랍고 다른 이유로는 그런 물건들이 어떻게 생겼는지 궁금해서였다.

"대공 전하, 그런 신기한 물건이 있다는 소리는 오늘 처음 듣습니다. 그런데 그런 물건이 있다는 사실이 알려지게 되면 아마도 좋은 일은 없을 것 같습니다. 국왕과 귀족들도 그 물건을 탐하게 될 것 같으니 말입니다."

"그렇지. 나도 같은 생각을 하니 골치가 아픈 거야. 이 물건은 사실 내가 우연히 한 동굴에서 얻은 것인데 처음에는 그냥 거짓말인지 알았는데 막상 이곳에 와서 보니 사실이라는 것을 알게 된 거야."

브레인은 엔더슨이 궁금해하는 부분을 이야기해 주었다.

비록 약간 다르게 말을 하기는 했지만 우연히 동굴에서

얻은 것은 사실이니 전부 거짓말을 한 것은 아니었다.

엔더슨은 그런 브레인의 말을 듣고 속으로 복도 많은 분이라는 생각을 하고 있었다.

세상의 복은 모두 브레인에게 가는 것 같은 기분이 들어서였다.

"대공 전하, 축하드립니다. 그런 신기한 물건은 아무나 가질 수 있는 물건이 아닐 것입니다. 이는 신께서도 대공 전하를 어여삐 여기고 있다는 이야기입니다."

엔더슨은 진심으로 브레인에게 축하를 하고 있었다.

사실 엔더슨은 브레인이 아레아 영지를 얻어 공국을 만들기를 바라고 있는 사람이었다.

그래야 자신의 꿈을 성사시킬 수가 있다고 생각해서였다.

자신의 주군이자 친구인 브레인이 그냥 귀족으로 남아 있는 것은 모든 이에게 불행이라고 생각하는 엔더슨은 브레인을 반드시 왕국의 국왕이나 제국의 황제로 만들고 싶은 꿈을 가지고 있었다.

그런 브레인이 신기한 귀물을 얻은 것은 하늘이 인정을 받았다는 생각을 가지게 만들고 있었고, 그로 인해 엔더슨의 마음은 브레인의 왕으로 만들려고 했던 결심이 더욱 확고하게 굳어지고 있었다.

"하하하, 신께서 어여삐 여겨 주신다고 하니 기분이 좋기는 하지만 너무 앞서 가는 것도 좋지 않으니 이 일은 엔더슨만 알고 있어."

"알겠습니다. 비밀은 아는 사람이 적을수록 좋다고 하지 않습니까. 저만 알고 있도록 하겠습니다. 대공 전하."

"그래, 어서 가지."

브레인은 엔더슨과 함께 이동을 하고 있는 곳은 바로 자신이 회의실로 사용하고 있는 곳이었다.

그곳에는 각종 서류들이 보관이 되어 있기도 하지만 브레인이 중요하게 생각하고 있는 것들도 보관되어 있는 곳이었다.

물론 브레인이 가장 중요하게 생각하는 것들은 모두 아공간에 보관하고 있지만, 마법서는 자신이 한 번 보기 위해 꺼내서 보다가 그곳에 두고 왔기 때문이었다.

엔더슨은 그렇게 브레인에게 엄청난 선물을 받아 새로운 경지에 도달하게 되는 길을 만들기 시작했다.

알렉스는 지금도 파리엘과 열심히 대화를 나누고 있었다.

이미 오늘의 대련도 마치고 스스로들 검술에 대한 이야

기를 나누면서 새로운 것들을 배우고 있는 중이었다.

파리엘은 알렉스의 검술에서 오묘한 부분을 배우고 있었고 알렉스는 파리엘의 검술에서 기교를 배우고 있었다.

"알렉스 경 자네는 정말 대단한 힘을 가지고 있으니 그런 파괴력이 나오겠지만 대륙에는 힘만 가지고는 절대 상대할 수 없는 인물들이 있다네."

"그렇습니까? 누구를 말씀하시는 것인지요?"

알렉스와 파리엘은 이제 서로를 인정하고 있었고, 파리엘의 나이가 많다는 것을 인정하여 파리엘이 말을 놓고 있었다.

"대륙에서 가장 강한 나라를 말하면 모두가 카이라 제국을 말하지만 대륙에서 가장 강한 기사를 말하라면 모두가 크레이너 제국의 사이딘 공작을 말한다네. 사이딘 공작의 검술은 화려하기도 하지만 그 화려함 속에 엄청난 힘을 내포하고 있어 상대가 방어를 하기가 쉽지 않다고 알려져 있는 인물이라네."

현 대륙에서 가장 강한 사람은 바로 사이딘 공작이라고 하고 있을 정도로 사이딘 공작은 강한 기사였다.

그리고 사이딘 공작의 검술은 대륙에서도 가장 독특한 검술이기도 했는데 바로 기교를 사용하면서도 엄청난 힘을 가진 파괴력도 가지고 있어서였다.

보통의 기사는 파괴력이 있다면 화려함이 없었고 화려함이 있다면 파괴력이 부족하였는데, 사이딘 공작의 검술은 이 두 가지를 모두 가지고 있는 최상의 검술이라는 평가를 받고 있었다.

알렉스는 아직 대륙의 기사들에 대해서는 아는 것이 없어 모르고 있었지만 파리엘과 대화를 하면서 점점 많은 것을 배우고 있는 중이었다.

대륙의 마스터들에 가장 많은 것을 알고 있는 사람 중에 한 명이 바로 파리엘이었기 때문이다.

용병길드의 용병왕이니 항상 새로운 정보에 귀를 기울였고, 그러니 파리엘이 알고 있는 지식은 사실 그 분량이 엄청나기도 했다.

알렉스는 그런 파리엘에게 배우며 세상의 넓음을 느끼고 있었다.

"그러면 사이딘 공작이 대륙 제일의 강자입니까?"

"지금은 그렇게 알려져 있지만 나는 개인적으로 사이딘 공작보다는 브레인 대공 전하께서 더 강하다고 생각하고 있네."

파리엘이 브레인의 실력을 더 쳐주자 알렉스의 얼굴은

금방 밝아지고 있었다.

"하하하, 저도 우리 대공 전하를 상대할 수 있는 사람은 없다고 생각하고 있습니다. 사실 이거는 비밀인데 저희도 대공 전하와 대련을 할 때는 우리 모두가 덤벼도 상대가 되지 않아 항상 고민을 하고 있는 중입니다."

알렉스는 기분이 좋아하는 말이었지만 파리엘은 그 말을 듣는 순간에 눈빛이 달라지고 있었다.

브레인이 강하다는 사실은 알고 있었지만 마스터 네 명이 모두 덤벼도 상대가 되지 않는다는 것은 그만큼 브레인이 강하다는 것을 의미했다.

파리엘은 그런 브레인에게 가르침을 받고 싶은 마음이 더욱 강하게 들게 만드는 계기가 되기도 했고 말이다.

"브레인 대공 전하께서 그렇게 강하신가?"

"예, 강하시지요. 저희와는 차원이 다른 분이시니 말입니다. 항상 새로운 검술을 깨우치시면 저희에게 알려 주시니 말입니다. 저의 검술은 모두 대공 전하께서 알려 주신 것입니다."

"아니, 대공 전하께서는 검술도 만들고 계신다는 말인가?"

파리엘은 알렉스의 말에 깜짝 놀라고 말았다.

새로운 검술을 익히는 것은 누구나 가능하지만 새로운 검술을 만드는 것은 그만큼 검에 대한 깨우침이 없으면 불가능한 일이기 때문이었다.

알렉스는 그런 사실을 모르고 파리엘의 질문에 자세히 대답을 해 주고 있었다.

"예, 그럼요. 우리 대공 전하께서는 새로운 검술을 만들어 주십니다. 저도 그런 검술을 배우고 있는 중이고 말입니다."

알렉스가 신이 나서 칭찬을 하고 있었지만 파리엘은 그런 알렉스에게 브레인에 대한 정보를 얻고 있다는 것을 모르고 있었다.

파리엘은 알렉스가 하는 말을 들으면서 얼마나 브레인이 대단한지를 깨달을 수가 있었다.

나이는 비록 어리지만 자신이 상상할 수 없는 검술의 실력자라는 것을 알았다.

'대공의 실력이 새로운 검술을 만들 정도로 대단하지는 몰랐네. 이거는 내가 생각하는 것보다도 훨씬 대단한 존재였구나.'

파리엘은 무슨 생각을 하고 있는지는 모르지만 브레인에 대해 많은 것을 알려고 하고 있었다.

단지 알렉스가 아직 그런 사실을 모르고 있으니 가능한 일이겠지만 말이다.

파리엘은 알렉스와 대련을 하며 항상 놀라고 있었는데 그 기반이 브레인이라는 것을 알게 되자 브레인에 대한 생각이 달라지고 있었다.

처음부터 자신보다는 강하다는 것은 알았지만 이 정도까지라고는 생각도 못했는데 이제 보니 자신이 오히려 브레인의 실력을 확실히 모르고 있었다는 생각이 들고 있었다.

이렇게 두 사람은 시간이 가는지도 모르고 대화를 나누고 있었고, 제임스는 친구인 이스마엘과 지금 심각한 이야기를 나누고 있었다.

"부탁하네. 제발 나에게도 기회를 주게."

"자네가 아무리 그래도 가문의 마나 호흡법을 알려 줄 수는 없네. 이는 우리 가문의 기사들만 익히고 있는 것인데 어떻게 알려 줄 수가 있겠는가?"

제임스의 말이 틀리지 않다는 사실을 알고 있지만 그래도 자신도 강해질 수 있는 기회를 버릴 수는 없다고 생각하고 있는 이스마엘이었다.

"물론 마나 호흡법이 얼마나 중요한지를 모르고 하는

말이 아니지 않는가? 나도 가문의 기사로 받아 주게, 그러면 되지 않는가?"

"이보게. 자네 나이를 생각해 보게. 자네가 기사를 하는 것은 그리 문제가 없지만 지금 있는 기사들의 나이를 알고 있으면서 그런 말을 하면 어떻게 하는가?"

제임스는 친구를 가문의 기사로 만들 수는 없었다.

인생을 살면서 유일하게 남아 있는 친구가 바로 이스마엘이었는데 그런 친구를 가문의 기사로 남게 되면 자신과의 사이도 어렵게 되기 때문이었다.

그렇다고 마나 호흡법을 알려 줄 수도 없는 일이니 고민이 되는 문제였다.

제임스가 예전 같았으면 마나 호흡법이 아무리 소중하다고 해도 이스마엘에게 알려 주었겠지만 지금은 아들의 입장이 있기에 그러지도 못하고 있었다.

아들은 이미 헤이론 왕국의 대공이라는 신분을 가지고 있었고 혼자 가문을 열고 있었는데 자신이 그런 아들을 망칠 수는 없는 일이었기 때문이다.

그러다가 문득 좋은 생각이 나는 제임스였다.

"자네 내 친구이니 그냥 우리 가문의 기사가 아닌 가신으로 남는 것은 어떤가?"

기사와 가신은 비슷하면서도 다른 존재였다.

가신이라는 것은 가문의 신하이기는 했지만 그래도 조금은 기사들과는 다르게 가문을 여는 그런 존재였기 때문이었다.

가신으로 남게 되면 용병 생활을 하지는 못하겠지만 브레인이 주는 작위를 받아 귀족으로 남을 수는 있게 되는 일이었다.

가신이 되면 브레인은 주군이 될 수 있지만 아버지의 친구로 남을 수도 있었다.

그러면 브레인도 이스마엘에게 충분히 대접을 해 줄 것이라는 생각이 들어서였다.

보통의 가문은 가신의 가문과 주종이 관계이기는 하지만 그래도 주군의 가문이 가신의 가문을 대우해 주고 있었기 때문이다.

"가신이 되라고?"

"그렇네. 자네는 나의 친구이니 기사가 되기에는 다른 기사들의 눈치를 보게 될 것이네. 그러니 차라리 마나 호흡법을 대대로 전수해 줄 수도 있는 가신이 되는 것이 어떤가?"

가신이 되면 주군의 가문의 마나 호흡법을 배울 수도

있었고, 그 마나 호흡법을 자식들에게 전수해 줄 수도 있었기에 제임스가 보기에는 가장 좋은 방법이라고 생각이 들어서 하는 말이었다.

이스마엘은 기사가 되기보다는 가신이 되라는 말에 처음에는 이해를 하지 못하고 있다가 제임스의 자세한 설명을 듣고는 바로 수락을 하였다.

"알겠네, 나도 가신이 되겠네. 그런데 가신이 되면 자네에게 존칭을 사용해야 하지 않는가?"

"그럴 필요는 없다네. 우리 나이도 있는데 그냥 이렇게 지내자고. 내가 아들에게 이야기를 하여 자네에게 작위를 주어 가신으로 삼으라고 하겠네."

"고맙네. 정말 고맙네."

이스마엘은 진심으로 제임스에게 고마움을 느끼고 있었다.

자신은 비록 용병왕을 만나 마나 호흡법을 배우기는 했지만 아직도 자신의 실력은 발전이 없었는데, 무적 기사단의 기사들은 매일 수련을 하는 것도 있겠지만 어떻게 저렇게 짧은 시간이 강해졌는지를 알게 되자 제임스를 찾아 매일 이렇게 매달리고 있었던 것이다.

이스마엘의 꿈은 반드시 마스터가 되는 것이었지만 그

렇지 않으면 최소한 익스퍼트 최상급은 되고 싶은 마음이었다.

하지만 용병 일을 하면서는 절대 불가능하다는 사실을 본인도 알고 있었기에 포기를 하고 있었는데, 몬스터 대지에 와서 무적의 기사단을 보고는 다시 꿈을 이루고 싶다는 마음이 간절해졌던 것이고, 이렇게 사정을 하여 결국 원하는 것을 얻을 수가 있게 되었다.

이는 이스마엘만 그런 것이 아니고 모든 용병들이 같은 마음을 가지고 있었다.

용병들은 모두 용병왕인 파리엘을 따르는 사람으로 강자를 존경하는 마음을 가지고 있는 사람들이었다.

그런 용병들이니 몬스터 대지에도 오게 된 것이고 말이다.

용병들은 몬스터 대지에 와서 기사들이 수련을 하는 모습을 보고는 기가 질려 있다가 저렇게 하면 자신들도 강해질 수 있다는 생각에 연일 기사들의 수련을 따라 하고 있었다.

용병들 중에는 기사가 되기 위해 노력을 하는 용병도 있었고 스스로 강해지기 위해 노력을 하는 이도 있었다.

각자 생각은 다르지만 결국은 같은 꿈을 가지고 있었기

에 수련을 하고 있었다.

아레아 영지의 중심에 있는 진지에는 연일 수련의 열풍이 가시지 않고 계속되고 있었다.

10.

신기한 아티팩트의 등장

시간이 지나도 아이론 남작과 엔더슨에게 좋은 의견이 없자 브레인은 아레아 영지에 대한 많은 생각을 해 보게 되었다.

제일 먼저 처리를 해야 하는 일이 바로 정식으로 영지를 국왕에게 받아야 하는 문제가 남아 있기 때문에 결국 귀족들을 모두 모아 회의를 하게 되었다.

자신이 가지고 있는 아티팩트로 인해 전쟁이 일어나는 것은 브레인도 원하는 일이 아니었기에 결국 한 가지 계책을 생각하게 되었고, 그 계책을 아이론 남작과 의논을 하여 귀족들에게 알려 주기로 했다.

아직 귀족들은 아티팩트에 대한 것은 모르고 있었기에 이번에 이들에게 모두 알리고 좋은 의견을 받기로 하였기 때문이었다.

"오늘 이 자리에 모이게 된 것은 그동안 우리가 이곳에 진지를 구축하고 있었지만 몬스터의 공격은 없다는 것을 알고 있을 것입니다. 사실 그 이유는 바로 대공 전하께서 고대의 유물을 얻었는데, 그 유물이 바로 몬스터가 오지 못하게 하는 아티팩트였습니다. 대공 전하께서도 처음에는 믿지 않으셨지만 이곳에 오면서 점점 사실로 들어 나고 있었고 직접 몬스터가 있는 곳으로 가시기도 했지만 이상하게 몬스터는 아티팩트와 어느 정도의 거리가 느껴지면 바로 도망을 가는 것을 알고는 더 이상 의심을 하지 않기로 하였던 것입니다."

아이론 남작은 브레인이 귀족들에게 밝히기로 한 아티팩트에 대한 자세한 설명을 해 주었다.

웅성웅성.

귀족들은 그동안 몬스터의 침입이 없었던 이유를 이제야 알게 되었지만 그런 신기한 아티팩트가 있다는 사실을 알게 되자 잠시 소란스러워졌다.

"그러면 대공 전하께서 가지고 계시는 아티팩트 때문에

몬스터들이 공격을 하지 않는다는 말씀이십니까?"

"그렇습니다. 이 아티팩트는 일정 지역의 몬스터들을 모두 오지 못하게 하는 것인데 아직 그 정확한 내용은 파악하지 못하고 있습니다. 엔더슨 후작 각하께서 지금 연구를 하고는 있으니 조만간에 무슨 이유로 그런 작용이 하는지를 알게 될 것 같습니다."

아이론 남작은 엔더슨이 아티팩트에 대해 조사를 하고 있다고 하며 귀족들을 안심시키고 있었다.

실지로 엔더슨이 조사를 하고 있는 것은 사실이었다.

다만 엔더슨이 조사를 하는 것은 그런 아티팩트를 대량으로 만들 수 있는지를 확인하고 있는 것인지, 어떻게 아티팩트가 몬스터를 물리치는지에 대해서는 아니었다.

이미 엔더슨은 아티팩트가 무슨 작용을 하여 몬스터를 오지 못하게 하는지는 알고 있어서였다.

"그렇다면 이제 아레아 영지는 안전하다는 말입니까?"

"지금은 대공 전하께서 계시니 안전하다고 할 수 있지만 만약에 대공 전하께서 어디로 가신다면 여기도 안전하다고 할 수 없습니다."

귀족들은 브레인이 움직이는 순간에 몬스터의 공격을 받을 수 있다는 말에 조금은 걱정스러운 눈빛을 하고 있었다.

"그렇다면 대공 전하께서는 이곳을 떠나실 수 없다는 말이지 않습니까?"

그레이스는 말을 듣고 있다가 갑자기 생각이 난 것이 있어 질문을 하였지만 가장 핵심적인 문제를 물은 것이다.

"그레이스 경이 물은 내용이 바로 오늘 회의의 포인트입니다. 지금 대공 전하께서 가지고 계시는 아티팩트로 인해 우리는 아레아 영지를 찾을 수는 있지만 만약에 대공 전하께서 어디로 여행을 가신다면 이 영지는 또다시 몬스터의 공격을 받을 수 있는 장소로 변한다는 것이 문제입니다. 여러분에게 이런 사실을 알려 주는 이유는 바로 이런 문제를 해결할 방법을 찾기 위해서입니다."

"아니, 대공 전하께서 떠나실 때는 아티팩트를 다른 분에게 주고 가시면 되지 않습니까?"

그레이스는 당연한 것을 가지고 고민하고 있다고 생각하며 물었다.

"그레이스 경의 말대로 그렇게 되면 걱정이 되지 않겠지만 불행히도 이 아티팩트는 주인을 인식하고 있는 물건이라 주인이 아니면 아무 소용이 없다는 것이 엔더슨 후작 각하의 연구에 의해 밝혀졌습니다. 즉, 대공 전하가 아니면 소용이 없다는 것이지요."

아이론 남작의 말에 귀족들은 고민을 하기 시작했다.

아티팩트는 한 개이고, 그 주인은 정해져 있으니 고민이 되고 있었다.

귀족들도 가끔 발견되는 아티팩트 중에 주인의 인식하는 물건들이 있다는 사실을 알고 있어서 다른 사람이 가지고 있어도 소용이 없다는 것을 알고 있었다.

브레인이 가지고 있는 아티팩트가 신기하고 대단하기는 하지만 그런 문제가 있다면 이도 골치 아픈 일이기는 했다.

귀족들은 브레인의 아티팩트 때문에 고민을 하기 시작했고, 브레인은 그런 귀족들을 보며 입가에 미소를 지었다.

이들이 알고 있는 사실은 일부에 지나지 않았지만 실지로 아티팩트는 주인을 인식하는 기능이 있었기에 틀린 말은 아니었다.

이런 아티팩트가 있다는 사실을 알게 되면 아마도 마법협회에서 가만히 있지는 않을 것이고, 브레인이 주지는 않겠지만 이들은 그런 아티팩트를 연구하기 위해 이곳으로 몰려오게 될 것을 염두에 두고 이런 계책을 짠 것이다.

어차피 영지를 만들려면 마법사의 도움도 필요하기 때문에 이참에 마법사들의 도움을 받으려고 하는 생각에서였다.

국왕과 귀족들도 아티팩트가 탐이 나기는 하겠지만 문제는 그 주인이 아니면 소용이 없다는 것이 문제가 되기는 했다.

그들도 아레아 영지를 브레인에게 주고 싶지는 않겠지만 방법이 없기 때문에 어쩔 수 없이 줄 수밖에 없는 일이 될 것이라고 생각하는 브레인이었다.

이는 국왕 스스로가 공표한 내용이었기 때문에 만약에 약속을 어기게 되면 이는 전 귀족들이 가만히 있지 않을 것이고 이로 인해 브레인은 더욱 강한 세력을 가질 수가 있는 문제였다.

물론 다른 음모가 있겠지만 브레인은 국왕과 귀족들이 생각하는 그런 음모 정도는 충분히 감당할 수 있다는 자신감이 있었다.

"내가 가지고 있는 아티팩트가 신기하고 대단한 물건이기는 하지만, 문제는 이 물건이 주인을 정하고 그 주인이 아니면 절대 사용을 하지 못하니 이런 문제를 해결할 방법을 그대들이 찾아 주었으면 하는 것이오. 앞으로 아레아 영지는 나의 영지가 된다는 사실은 그대들도 알고 있을 것이니, 나의 영지를 발전시키기 위해 나는 어떠한 방법이라도 좋은 것이 있으면 받아들일 용의가 있다는 것을 명심하기 바라오. 이제 우리는 국왕 폐하께 가서 아레아의 사정을 이야기해야 할 것이오. 그런데 이런 문제점을 가지고 간다는 것은 곤란하지 않겠소. 그러니 그대들이 최대한 신경을 써 주었으면 하오."

브레인의 말에 귀족들은 대단한 결심을 하고 있다는 것을 느끼고 있었다.

자신들도 브레인이 아레아를 찾게 되면 국왕이 직접 그 영지를 준다고 공표하는 것을 들었기에 아레아가 브레인의 영지라는 말에는 이견이 없었다.

다만 걱정이 되는 것은 브레인이 떠나고 나면 아레아는 다시 몬스터의 천국으로 변하게 된다는 사실에 걱정이 되고 있었다.

피터 백작과 기사들이 몬스터의 습격에 어떻게 돼서 온지를 보았던 귀족들이라 다들 몬스터의 공격에 대해서는 아주 심각하게 생각하고 있는 문제였다.

"대공 전하, 이번 보고에도 대공 전하께서 가시게 되면 여기에 남아 있는 사람들은 어찌 되는 것입니까?"

한 귀족은 브레인이 이번에 수도로 가게 되면 몬스터의 공격을 받지 않을지 염려가 되어 하는 말이었다.

"이번 수도행에 나는 가지 않을 생각이오. 내가 없으면 여기는 더 이상 안전지대가 아니기 때문이오."

브레인의 대답에 귀족들은 안심이 되는 눈빛을 하고 있었다.

특히 그레이스는 브레인이 가지 않는다는 말에 눈빛이 빛나고 있었다.

그레이스는 국왕에게 혐오감을 느끼고 있었고, 그와 그의 동료들은 이미 브레인의 가신이 되기로 약속을 하고 있기 때문이었다.

새로운 인생을 브레인에게 걸고 있는 그레이스였기에 이제는 브레인의 확실한 사람이 되기 위해 많은 노력을 하려는 마음을 가지고 있었다.

"이번 수도행은 나와 일부의 귀족, 그리고 기사들이 가려고 하니 그런 걱정을 하지 않아도 될 것입니다."

아이론 남작의 말에 귀족들의 동요는 사라지고 있었다.

브레인이 가지 않는다면 이는 자신들이 죽을 염려가 없기 때문이었다.

귀족들은 그동안의 이상한 상황이 이제 확실히 정리가

되자 머리가 조금은 맑아지는 기분이 되었다.

사실 귀족들도 그동안 흑마법을 생각하지 않은 것은 아니었기에 조금은 걱정이 되었는데 이제 그런 사실이 아니라는 것이 밝혀졌으니 마음이 놓였던 것이다.

브레인의 말은 금방 진지에 퍼지게 되었고 병사들과 기사들 그리고 용병들은 이제 확실한 이유를 알게 되자 모두들 환영하고 있는 분위기가 되고 있었다.

특히 용병들은 여기도 이제는 안전한 곳이라는 생각이 들자 자신들의 거처에 대해 심각하게 생각하는 계기가 되고 있었다.

브레인을 따르는 기사들의 수련을 보고 그동안 사실 많은 고민을 하고 있었는데 이제는 확실히 마음을 정할 수가 있을 것 같아서였다.

물론 일부의 용병들은 실력이 모자라 병사로 지낼 생각을 하고 있는 이들도 있었다.

병사들이라고 해서 훈련을 하지 않는 것은 아니었고, 병사들도 혹독하게 훈련을 하고 있었기에 용병들과 병사의 차이가 그리 나지 않고 있는 것도 사실이었다.

이번에 이곳에 온 용병들은 모두 정예만 골라 와서 그런지 다른 용병들과는 다르게 실력이 상당히 높았는데,

그 용병들도 병사들의 실력을 보고는 대단하다는 생각을 하게 만들었으니 얼마나 병사들이 지독하게 훈련을 받고 있는지를 알 수 있는 일이었다.

"여기가 그동안 안전했던 이유를 알게 되니 그동안 괜히 고민을 하였다는 생각이 드네."

"나도 마찬가지야. 그동안 사실 말을 안 했지만 얼마나 마음을 졸이고 있었는데. 이런 사실을 이제 확실히 알게 되니 이제는 후련한 기분이 들지 뭔가."

병사들은 서로가 만나면 이런 이야기를 하고 있었다.

이제 병사들의 마음에도 이곳이 안전하다는 것을 알게 되자 얼굴에 화색이 돌고 있었다.

사실 아레아는 말이 영지이지 영지라고 하기에는 문제가 많은 곳이었다.

그리고 몬스터의 공격이 언제 될지도 모르니 병사들도 불안감에 잠을 이루지 못할 때도 많았는데, 이제는 그런 일이 생기지 않게 되었으니 이들이 얼마나 기쁨을 느끼고 있는지는 말을 하지 않아도 알 수가 있을 정도였다.

브레인의 발표로 인해 진지에는 새로운 바람이 불고 있었다.

이제는 영지로 인정을 받는 일만 남았고, 그 영지를 발전시키기 위해서는 많은 인재들이 필요하였는데 브레인을 따라 온 귀족들 중에는 이런 사실을 노리고 있었던 사람들이 있었다.

바로 그레이스와 그의 친구들이었다.

"자, 이제 영지를 국왕에게 인정을 받는 일만 남았으니 우리도 마음을 정해야 하지 않겠습니까?"

"나는 이미 마음을 정했으니 걱정하지 마시오."

"나도 여기에 남기로 마음을 정했네."

그레이스는 친구들과 귀족들이 자신과 같은 생각을 하고 있다는 것에 기쁘게 받아들이고 있었다.

"나는 아레아의 영주이신, 브레인 대공 전하를 주군으로 생각하고 앞으로 이곳에서 자리를 잡으려고 합니다. 아마도 다른 분들도 저와 같은 생각을 가지고 있는 것으로 보입니다. 하지만 우리가 그냥 이곳에 있다고 하면 누가 우리를 받아 주겠습니까. 그러니 각자 자신이 배운 것을 생각하여 영지를 발전시키기 위한 방책을 마련하여 대공 전하께 보고를 하여 우리가 인정을 받을 수 있어야 하지 않겠습니까."

그레이스의 말에 귀족들은 모두가 고개를 끄덕이고 있었다. 브레인은 헤이론 왕국의 영웅이기도 하지만 이제는 대영주가 되는 인물이었다.

공작도 아니고 대공이라는 작위를 가지고 있는 인물은 브레인이 유일하였기 때문이었다.

다른 왕국이나 제국에는 대부분이 공주와 결혼을 하여 대공의 작위를 얻었지만, 브레인은 그 스스로 능력을 보여 대공의 작위를 받은 입지전적인 인물이었다.

귀족들은 그런 브레인의 그늘에서 함께 자신의 능력을 펼쳐 보고 싶다는 생각을 가지고 있었다.

"나는 환영이오. 이제 시작하는 영지이니 나의 능력을 모두 발휘하여 좋은 영지로 만들도록 해 보겠소."

"저도 같은 생각입니다. 우리의 능력이라면 아레아를 충분히 발전시킬 수가 있을 것이라고 생각합니다."

이들은 능력은 있지만 자신을 알아주는 사람이 없어 항상 그늘 속에 있었던 기억을 가지고 있는 인물들이라 이번에 이렇게 좋은 기회를 버리고 싶은 사람은 아무도 없었다.

국왕과 귀족들은 이들이 배경이 없다는 이유로 이곳으로 보낸 것이지만 이들은 오히려 자신들에게 기회를 주게 되었다고 생각하고 있는 중이었다.

브레인은 이렇게 생각지도 못한 인재들을 그냥 얻게 되

었지만 아직도 인재와 사람들은 부족한 상황이었다.

영지의 크기가 보통이 아니기에 어쩔 수 없는 일이었다.

새롭게 얻은 아레아 영지에 대한 이야기가 오고 갔지만 아직 구체적으로 방법을 정한 것은 아무것도 없었다.

"아이론 남작은 수도로 가서 국왕 폐하께 이곳의 사정을 그대로 전하시오. 그리고 이미 나는 이곳의 영주라는 국왕 폐하의 직인이 찍힌 서류가 있으니 아레아의 영주가 되는 것에는 문제가 없을 것이오. 다만 내가 걱정을 하는 것은 아레아에 보낼 인구가 문제라고 생각하고 있소."

브레인의 말에 아이론 남작은 브레인이 무엇을 걱정하고 있는지를 대번에 알았다.

국왕과 귀족들은 아레아를 찾은 것이 기쁘기는 하겠지만 브레인이 아레아의 영주라는 사실에는 그리 좋게 생각지는 않을 것이라는 생각을 하고 있을 것이라는 생각이 들었다.

국왕이 브레인을 아레아로 보낸 일이 아레아를 찾아 달라는 말을 하고 있었지만 실질적으로는 그런 뜻이 아닌 브레인의 세력을 줄이기 위해서였다는 사실을 아이론 남작도 짐작하고 있는 일이었다.

"제가 가서 확실하게 정리를 하고 오겠습니다. 대공 전하."

"아이론 남작이 가서 해야 하는 일은 국왕과 귀족들에게 이곳의 사정을 자세히 설명만 하고 오면 되니, 다른 생각은 하지 말고 그대로 보고만 하시오. 그리고 국왕의 나에게 한 약속을 이행해 달라고 하면 되오. 나는 그대를 잃고 싶은 마음이 없소."

브레인은 아이론 남작이 국왕에게 자신을 뜻을 전하는 것에는 문제가 없겠지만 만약에 영지에 관한 말을 하였다가는 살아서 돌아오지 못할 것을 걱정해서였다.

브레인의 말에 아이론 남작은 가슴속에서 무언가 울컥하고 올라오는 기분이 들었다.

브레인은 진심으로 자신을 걱정해 주고 있어서였다.

"대공 전하, 걱정하지 마십시오. 국왕과 귀족들은 이번 아레아 영지에 대한 것은 아무리 음모를 꾸미려고 해도 방법이 없을 것입니다. 이미 국왕이 입으로 공표를 한 사실을 모두가 알고 있으니 다른 행동을 하지는 않을 것입니다."

아이론 남작의 말도 틀리지는 않았지만 문제는 그런 아이론 남작의 생각과는 다르게 음모를 꾸밀 수도 있어서였다.

국왕과 귀족들은 능히 그러고도 남을 사람들이었기 때문이었다.

브레인이 기사들을 수도로 보내는 이유 중에 하나는 바로 어머니인 노라를 모시고 오려는 생각에서였다.

이제 영지가 생겼으니 어머니도 모셔 와 함께 살기 위해서였다.

"알겠소. 하지만 나의 말대로 나는 그대와 함께 영지를 발전시키고 싶다는 말을 잊지는 마시오."

"예, 반드시 이행하겠습니다. 대공 전하."

아이론 남작은 브레인의 말에 대답을 하면서 가슴이 따뜻해지는 것을 느꼈다.

아이론이 나가고 브레인은 남아 있는 카알을 보고 조용히 입을 열었다.

"카알, 어머니를 모시고 조용히 수도를 빠져나와야 한다. 이는 누구도 알지 못하게 은밀히 해야 하는 일이니 너에게 부탁을 하는 것이야. 절대 실수가 있어서는 안 된다."

"걱정하지 마십시오. 반드시 임무를 완수하겠습니다. 대공 전하."

수도에 계시는 어머니를 은밀히 영지로 데리고 오기 위해서는 카알과 같은 인물이 가장 적당하다고 생각하고 있는 브레인이었다.

수도의 국왕과 귀족들은 아레아 영지를 찾은 사실을 알게 되면 아마도 어머니를 수도에서 떠나지 못하게 할 수도 있었기에 미리 출발을 하여 보고를 하기 전에 빼오려고 하고 있었다.

왕국의 국왕과 귀족들을 믿지 못하기 때문이었다.

브레인은 카알과 무적 기사 단원 중에 가장 실력이 있는 인물들을 따로 추려 이번 임무에 투입을 하고 있었다.

일개 조의 인원이지만 이 인원이라면 충분히 어머니를 모시고 올 것이라는 확신을 하고 있었다.

사실 피터를 보내고 싶었지만 아직 피터는 자신의 깨달음을 모두 소화를 하지 못하고 있어서 카알을 뽑은 것이지만, 카알은 은밀히 일을 처리하는 것에는 타고난 소질이 있었기에 브레인이 믿을 수가 있었다.

브레인은 카알에게는 친구들도 모르게 은밀히 전수한 것이 있었는데 바로 어세신의 기술들이었다.

카알은 타고난 어세신이 될 수 있는 능력을 가지고 있었기에, 브레인이 아무도 모르게 카알에게만 그 기술을 알려 주어 익히게 하였던 것이다.

카알도 어세신의 기술을 익히면서 자신에게 가장 맞는 것이라는 사실을 알았고 그 뒤로는 브레인이 알려 주는 기술을 더욱 열심히 익혀 지금은 어세신의 기술로도 마스터의 경지에 오르게 되었다.

그런 카알이 실수를 하지는 않을 것이라고 생각하는 브레인이었기에 이번 임무에 카알을 보내게 되었다.

"카알, 먼저 출발을 해라. 보고는 하지 않아도 되니 그냥 조용히 빠져나가라."

"예, 나중에 뵙겠습니다. 대공 전하."

카알은 브레인에게 인사를 하고는 조용히 빠져나가고 있었다.

이미 기사들은 준비를 하고 있어서 자신만 가면 출발을 할 수 있었기 때문이다.

헤이론 왕국의 국왕과 귀족들이 만약에 아레아 영지를 아티팩트의 도움으로 얻게 되었다는 사실을 알게 되면 절대 가만히 있지는 않을 것이기에 미리 준비를 해 두려는 브레인이었다.

어쩌면 국왕과 전쟁을 할 수도 있는 일이었기 때문이다.

'아레아를 찾았으니 이제 약속을 지켜야 할 거요. 국왕 폐하.'

브레인은 속으로 국왕과 귀족들을 생각하며 비웃음을 날렸다.

국왕이 만약에 약속을 어기게 되면 자신도 절대 가만히 있을 생각이 없었다.

이는 자신의 미래가 달려 있는 일이었고 자신을 따르는 사람들의 미래도 함께 걸려 있어서였다.

〈『영웅전설』 5권에서 계속〉

1판 1쇄 찍음 2011년 5월 3일
1판 1쇄 펴냄 2011년 5월 6일

지은이 | 무 람
펴낸이 | 정 필
펴낸곳 | 도서출판 **뿔미디어**

기획 | 이주현, 문정흠, 손수화
편집책임 | 이재권
편집 | 장상수, 심재영, 조주영, 주종숙, 이진선
관리, 영업 | 김기환, 김미영

출판등록 | 2002년 9월 11일 (제1081-1-132호)
주소 | 부천시 원미구 상3동 533-3 아트프라자 503호 (우)420-861
전화 | 032)651-6513 / 팩스 032)651-6094
E-mail | BBULMEDIA@paran.com
홈페이지 | www.bbulmedia.com

값 8,000원

ISBN 978-89-6639-052-6 04810
ISBN 978-89-6639-004-5 04810 (세트)

※파본은 본사나 구입하신 서점에서 교환하여 드립니다.

BBULMEDIA

http://www.bbulmedia.com